当中国遇见秘鲁

孟可心 著

新世界出版社
NEW WORLD PRESS

图书在版编目（CIP）数据

当中国遇见秘鲁 / 孟可心著 . -- 北京 : 新世界出版社，2021.11
ISBN 978-7-5104-7359-3

Ⅰ . ①当… Ⅱ . ①孟… Ⅲ . ①散文集 – 中国 – 当代
Ⅳ . ① I267

中国版本图书馆 CIP 数据核字 (2021) 第 212934 号

当中国遇见秘鲁

作　　者：孟可心
责任编辑：李晨曦
特约编辑：崔舒琪
装帧设计：魏芳芳
责任校对：宣　慧
责任印制：王宝根　苏爱玲
出　　版：新世界出版社
网　　址：http://www.nwp.com.cn
社　　址：北京西城区百万庄大街 24 号 (100037)
发 行 部：(010)6899 5968（电话） (010)6899 0635（电话）
总 编 室：(010)6899 5424（电话） (010)6832 6679（传真）
版 权 部：+8610 6899 6306（电话） nwpcd@sina.com（电邮）
印　　刷：北京宝隆世纪印刷有限公司
经　　销：新华书店
开　　本：787mm × 1092mm　1/32　　尺寸：145mm × 210mm
字　　数：120 千字　　　　　　　　印张：7
版　　次：2021 年 11 月第 1 版　2021 年 11 月第 1 次印刷
书　　号：ISBN 978-7-5104-7359-3
定　　价：58.00 元

古老的印加试验田

印加古迹萨克塞瓦曼

利马海岸上的海玫瑰餐厅栈桥

太平洋上回望利马海滨大道

傍晚的绿色海岸

帕拉卡斯鸟岛上，成群的海狮
在礁石上晒太阳

帕拉卡斯鸟岛上
有两百多种鸟类，
其中有许多鸟类
已属濒危物种

帕拉卡斯鸟岛上的红腿鸬鹚，十分美丽

帕拉卡斯的神秘烛台

亚马孙河上的小船

舞马

库斯科传统
纺织技术

库斯科小贩

2016 年，习近平主席对秘鲁进行正式访问，秘鲁国会为习主席举行了隆重的授勋仪式。本书作者作为特邀嘉宾出席了授勋仪式，聆听了习主席发表的重要讲话

本书作者（左一）与总统府卫兵的合影

序一

中国和秘鲁同为文明古国，传统友谊源远流长。早在 400 多年前，两国人民便通过海上航路开启越洋之交。170 多年前，第一批中国劳工远渡重洋来到这里，他们垦荒耕田、开山采矿、筑桥铺路，为秘鲁的经济和社会发展做出了不可磨灭的贡献，同时也将中国文化播种在这片肥沃的土壤上。今天，秘鲁人口中约 10% 有华裔血统，中国元素也成为秘鲁多彩文化中不可或缺的部分，两国人民的友好情谊已开出绚烂的花朵。

2021 年，我们隆重庆祝秘鲁独立 200 周年及中秘建交 50 周年。50 年来，在双方的共同努力下，两国已成为相互信赖的好朋友、共同发展的好伙伴。中秘全面战略伙伴关系快速发展，各领域合作硕果累累，惠及两国人民。中国连续多年成为秘鲁第一大贸易伙伴、最大出口市场、最大进口来源国和最主要的投资来源国之一，秘鲁是中国在拉美第二大投资目的地。两国人文交流不断深化，多个重要交流项目得以顺利实施，为夯实两国友好的社会民意基础发挥了积极作用。

2020年新冠肺炎疫情发生以来，中秘两国政府和人民携手抗疫、共克时艰，书写了中秘友好的又一新篇章。

作为大使，我很高兴看到《当中国遇见秘鲁》一书出版。作者孟可心先生在秘工作生活多年，他不仅是20多年来中秘两国友好关系不断发展的亲历者和见证者，同时也对当地悠久的历史、灿烂的文化、丰富的物产和秘鲁人民的中国情结都有着切身感受和独到认识。在书中，作者为读者描绘了巍峨的马丘比丘和神秘的纳斯卡地画等古代文明遗迹，展示了令八方食客流连忘返的秘鲁美食，介绍了在这个遥远南美国度日益升温的“中国热”和双边务实合作给当地人民带来的实实在在的益处。不仅如此，他还分享了亲身经历的两国文化交融、民心相通的感人故事。

感谢孟可心先生对两国交往点点滴滴的记录，也希望更多朋友与我们共同携手，以秘鲁独立200周年和中秘建交50周年为契机，为增进两国人民之间的相互了解和情谊不断贡献力量。

中华人民共和国驻秘鲁大使 梁宇

2021年4月

序二

我谨对《当中国遇见秘鲁》一书的作者表示祝贺。在外交和国际关系中，没有什么比相互理解更重要。为此，秘鲁和中国的学者发挥桥梁作用，加强了两国人民之间的联系。

秘鲁和中国的关系是历史性的，是建立在两国人民之间的关系上的，两国人民都为各自祖先创造的古代文明而感到自豪。

有了《当中国遇见秘鲁》这样的图书，我相信两国人民对彼此知识和艺术的兴趣和好奇心会越来越浓厚。我希望，在未来的岁月里，秘中友谊将以此种方式继续发展和深化。

秘鲁共和国驻华大使 路易斯·克萨达

Luis Quesada

2021 年 10 月

序三

秘鲁和中国都是千年古国，两国的古老文明是人类历史上的里程碑。从 1849 年华工移民到秘鲁开始，秘鲁和中国有着 170 多年的交往历史。

2013 年，我因《今日中国》杂志认识了孟可心先生，该杂志在秘鲁出版社公司（Editorial Perú）印刷。孟先生是中国文化和秘鲁文化的推广者，也为中文在秘鲁的传播做出了积极贡献。

多年来，我们的合作关系一点一滴地转化为伟大的友谊，就中秘关系有过多次长谈。华裔秘鲁人已经成为秘鲁社会的重要组成部分，而孟先生对秘鲁文化的观察和看法，与他们并无二致。

《秘鲁人》报社社长 菲利克斯·帕斯

Felix Alberto Paz Quiroz

2021 年 4 月

序四

秘鲁是拉美的文明古国，是灿烂的印加（卡）文化的摇篮。秘鲁印第安人留下的宏伟壮丽的马丘比丘古迹、精巧绝伦的巨石建筑、粗犷洒脱的浮雕、含义深邃的纳斯卡图案，这一切无不显示秘鲁印第安人的高度智慧和创造才能，是秘鲁人民为世界文明的发展所做巨大贡献的历史见证。

读《当中国遇见秘鲁》，跟随孟先生行走秘鲁，最大的感觉是两个字：谜·彩。孟先生以生动的笔触描绘出秘鲁这个历史悠久、资源丰富、美丽多姿、物博人众的“太阳之国”，以及颇具浓厚民族特色和强烈文化印记的衣、食、住、行，还有不胜枚举的传统节日和鲜为人知的风俗习惯。

尤其值得一提的是，书中提到中国最早移民秘鲁已有 400 多年的历史，中国大规模移民到秘鲁已有 170 多年。秘鲁是拉美国家中华侨华人最多的国家，在秘鲁的称呼中，中国人被称为“paisano”（即“老乡”），秘鲁和中国老乡有着不解的情缘。中国文化在秘鲁有着深远的影响，在秘鲁约有四五千家“chifa”（中国餐馆）就是最好的例证。

希望本书可以增进两国人民的互相理解，加深两国人民的美好友谊。

中国社会科学院拉丁美洲研究所研究员 徐世澄

2021 年 4 月

前言
中国，离我越来越近

秘鲁位于南美洲西部、太平洋沿岸，境内有纵贯南北的安第斯山脉。中国与秘鲁的交往，从 16 世纪马尼拉帆船的海上经贸往来开始。当时第一批会讲西班牙语、信奉天主教、居住在菲律宾马尼拉的中国人搭船来到秘鲁，他们基本上都是高级技工，从事雕刻、刺绣等工作。从 1894 年开始，大批中国劳工来到秘鲁，将中国文化（特别是饮食文化）带到秘鲁。中国的餐饮文化可以说是最早融入秘鲁社会，并被秘鲁人所接受的文化之一。

20 多年前我初到秘鲁，觉得秘鲁离中国真的好远好远。不仅是路途遥远，通讯也非常不方便，打个国际长途电话都是一件奢侈的事，只能靠书信与家人联系，一封信寄出后得过 7 天才能收到。在利马唐人街上的中国杂货店里，进口的中国商品也少得可怜，只有少量调味品。

而现在，身处秘鲁的我却感觉祖国离我越来越近了。秘鲁市场上，中国商品无处不在；越来越多的中资企业进驻秘鲁；

春节、中秋节和生肖等中国文化元素愈发受到秘鲁人的喜爱和追捧；秘鲁电视新闻、报纸杂志对中国的关注度也越来越高。这一切与中国改革开放 40 多年来发生的巨大变化密不可分。

秘鲁华人华侨的中国心

1997 年 4 月，中国海军“哈尔滨”号导弹驱逐舰、“珠海”号导弹护卫舰、“南仓”号补给舰编队横跨太平洋，抵达卡亚俄港，准备进行对秘鲁的首次访问活动。

卡亚俄港承载了太多的历史和回忆，1894 年，来自中国的首批 75 名华工就是从这个港口登陆上岸的。当时正值清朝末年，国弱民穷，大批中国同胞为了生存背井离乡，远渡重洋，漂泊海上，在长达半年以上的航行时间里，不得不一直忍受恶劣环境和各种疾病的折磨。因此，对于生活在秘鲁的华人而言，中国军舰在卡亚俄港口的首次停泊是多么振奋人心、意义重大啊！

中国海军进港的那天，早早就组成欢迎队伍的华人华侨在港口翘首以盼，非常兴奋。看到远远驶来的中国军舰时，整个港口的人都沸腾了，欢呼声、锣鼓声、鞭炮声、舞龙舞狮声交织在一起。看到中国的现代化军舰，许多老侨胞情不自禁地流下了热泪。

欢迎人群中有一位80多岁的老华侨，他是秘鲁第一家华人连锁超市WONG的创始人黄炳辉老先生。他用广东话说："今天我能够在秘鲁看到中国军舰，是我的福气，我要上军舰看看，还要摸一摸我们自己的军舰。"

在那段日子里，我每天都要跟随中国海军参加一些活动，希望记录下中国海军在秘鲁的每一个精彩瞬间。当时我们用的还是胶片照相机，需要冲洗胶卷、放大相片，费时费力。在军舰访问结束的前一晚，为了能给中国舰艇官兵们一个特别的惊喜，我完成日常工作后又精心挑选、整理了所有照片，希望收藏好中国官兵在秘鲁的美好回忆，替秘鲁华人华侨们转达一份心意。终于，在中国舰艇编队离港前的仪式上，我把精心准备的相册交到中国舰队司令王永国的手中。王司令感到非常惊喜，对我说："这是我们访问秘鲁收到的一份最珍贵的礼物，我们要好好保存它。"

在秘鲁感受"中国热度"

中国改革开放40多年来的成就举世瞩目，从一穷二白发展成为今天的世界第二大经济体，解决了14亿人的温饱问题。中国基础设施建设的不断推进、科学技术的飞跃式发展、贫困人口问题的解决，以及与百姓生活密切相关的手机支付、共享单车、自助购物的逐步应用等，所有日新月异的变化都是展示中国成就的闪亮名片。

随着中国改革开放速度的不断加快，在秘鲁，我最先感受到的是“中国投资热”。近几年有越来越多的中资企业来秘鲁投资，过程分为 3 个阶段：上世纪 90 年代初，首钢、中石油等国有企业率先进入秘鲁，开启了中国企业在秘鲁的第一轮投资热潮；自 2007 年开始，五矿、中铝及一批大型矿业企业和工程承包企业陆续进入秘鲁，掀起第二轮投资热潮；2016 年 9 月和 11 月，时任秘鲁总统库琴斯基和习近平主席实现了历史性互访，越来越多的中国企业将目光投向秘鲁，再掀投资高潮。

据 2019 年的统计数据，目前秘鲁有 170 多家中资企业，总投资额超过 200 亿美元，涵盖能矿、电力、基础设施、通讯、金融、制造等多个行业和领域，影响力不断增强。中国是秘鲁第一大贸易伙伴、第一大进口来源国、第一大出口目的地国和主要投资来源国，而秘鲁则是中国在拉美地区的第二大投资目的地国、第七大贸易伙伴。

除了“中国投资热”以外，“中国制造热”也令我感触颇深。在秘鲁，从满街跑的各种类型、品牌的中国汽车，到秘鲁人手中的华为、中兴手机，中国制造的产品随处可见。现在的中国商品已经摘掉了质次价廉的标签，成为物美价优的产品，受到消费者的青睐。

还要提到令我心潮澎湃的“中国话题热”。在秘鲁的电视节目、报纸和杂志上，有关中国的消息越来越多，秘鲁人对中国的印象早已不仅仅局限于长城、天安门、熊猫、兵马俑。秘鲁百姓通过媒体了解到现代化的中国，以及高速铁路、航天科技、超大型工程、高新科技产品等。

现在的秘鲁人，无论是政府高层还是平民百姓，对中国都越来越感兴趣。他们不仅想学中国话，还希望能够搭上中国经济发展的快车。有些秘鲁人非常钦佩中国政府的反腐败措施，说秘鲁应该向中国取经；还有人希望中国的农业科技能够帮助秘鲁的农民脱贫致富；许多秘鲁人对中国在短短 40 年内发生的巨大变化感到吃惊。一次，一位司机问我，中国有 14 亿人口，是怎么解决吃饭问题的？中国政府又是怎么解决贫困问题的？听了我的回答后，他又说：“我们秘鲁只有 3000 多万人口，但还是有很多贫穷现象，中国政府真是了不起！”

秘鲁官方报纸《秘鲁人》前社长里卡多·蒙德罗非常关注中国的发展变化，在中共十九大开幕当天，他在报纸上发表了署名文章《中秘两国发展的相似之处》，还在同一版上刊登了一篇名为《中国新时代》的评论文章，这一切都展示了中国改革开放对秘鲁媒体的巨大影响力。

从水土不服到水乳交融

回顾中国“走出去”遇见秘鲁的历史，可以用“从水土不服到水乳交融”来简单概括：华人华侨移民扎根到秘鲁，逐渐适应并开创了自己的事业；中国企业投资秘鲁，在一步又一步的艰难探索中助力秘鲁经济不断发展；中国制造用高质量的产品逐渐打破秘鲁人的偏见；曾经遥远而神秘的中国，在“中国话题”的热议下逐渐揭开了自己的面纱……

值得一提的是，在这个“走出去”的过程中，中国企业显然起到了举足轻重的作用。然而，中资企业在秘鲁的发展并不是一帆风顺的。在处理秘鲁当地员工及员工家属的问题时，中资企业常常需要拿捏好适合当地情况的解决办法；部分媒体的工作习惯，使得中资企业“动辄得咎”，似乎怎样做都不适当；中资企业实干家们“低头做事、无须过多宣传”的做派，常常让他们遭遇“酒香也怕巷子深”的困境……

为了让企业更好地“走出去”，我们的文化要打破藩篱、与时俱进、推陈出新。我们要改进传播方式，加大传播力度，为走出去的企业做好宣传，给秘鲁当地人释疑解惑。中国传统文化中重情、重义、重担当的故事，中国与一些国家合作的成功范式，中国企业与秘鲁企业共同运作出的双赢结果，都能够生动真实地反映出中国的担当与责任。

作为一个在秘鲁生活多年的中国人，我希望自己的这本书可以为中国的“走出去”战略做出一点贡献，加深中秘两国人民的相互了解，增进两国的友好关系，尽我绵薄之力，为今后中秘两国的合作、共赢之花耕作出更丰沃的土壤。

目 录

第一章

那些年：踏上秘鲁大地的华人们

2019 年是华人移民秘鲁 170 周年，秘鲁华侨和各大华裔组织紧锣密鼓地筹备了各种各样的庆祝活动。当年的华人漂洋过海来到这片遥远的南美土地繁衍生息，与秘鲁当地人融洽相处。

学者证实：中国人移民秘鲁有 400 多年的历史

华人移民秘鲁真的只有170多年吗？也许事实并非如此。秘鲁东方文化学者费尔南·阿莱萨曾发表过一篇名为《中国人移民秘鲁历史有多久？》的文章，而他写作这篇文章的依据，是《1613年定居在秘鲁的利马城的印第安人名录》。之所以是“印第安人名录”，是因为当时西班牙人把所有不具有欧洲、阿拉伯和非洲血统的人，包括美洲及印度以东的亚洲人都称为“印第安人”。《名录》中有一个名单，记录了2113名“印第安人”的信息，费尔南先生在这2113个人里，找到了114名来自中国、日本及葡萄牙殖民地的移民，他们居住在利马城，为西班牙人服务。

文章中提到，这些早期移民到秘鲁的华人都是从菲律宾来的，在此之前，他们当中的很大一部分人居住在菲律宾的马尼拉。当时的菲律宾还是西班牙殖民地，因此他们很多人已经有了西班牙语的姓名。来秘后，他们受雇于西班牙人，大部分从事手工劳动，也有很多人做石材加工。难能可贵的是，《名录》详细记载了这些来自菲律宾的中国人所从事的职业，以及他们的家庭状况、居住地点等，是十分宝贵且不可多得的研究史料。

费尔南先生说，秘鲁一直以来把1849年10月15日当作华人抵秘的第一天，但他的新发现证明，中国人移民秘鲁已有400多年的历史。根据史料还可以断定，秘鲁是中国移民最先踏上的南美洲土地。

美历史学者讲述：连接中国与美洲的“马尼拉帆船”

无独有偶，美国布朗大学历史学家胡其瑜（Evelyn Hu-Dehart）教授也对华人移民秘鲁的历史做出了考证。2017年5月7日，胡其瑜教授应邀来秘鲁参加中国移民抵秘纪念活动，在秘中文化中心做了题为《马尼拉帆船》的宣传讲座。她用大量史实证明，从1565年开始，从菲律宾首都马尼拉到中、南美洲的海上商贸航线就已经开通了，而中国人在这条被称作“马尼拉帆船”的航线上，做出了重大的贡献。

“马尼拉帆船”航线上的中国人

胡其瑜教授说，早在西班牙占领菲律宾的16世纪到19世纪期间，当地人就开始把中国人称为“常来人”。早期移民菲律宾的中国人大都来自福建，“常来”一词就源自闽南语，指的是“生意人”。后来，“常来”一词又衍生出“常往返两地的人”的意思。胡教授说，人们会把陶瓷、丝绸等中国货物运到菲律宾的马尼拉，随后，马尼拉的商船又会把货物转运到美洲，待卸货后再把美洲当地的银矿运回菲律宾进行加工。加工后的银矿在人们的“帮助”下，重新坐上马尼拉帆船，经由美洲航线被转运至欧洲。据说，每年至少会有一艘满载中国货物的马尼拉商船开往美洲。

1593年，中国人也把活字印刷术和夜市的商业习俗传到了菲律宾，其中，活字印刷术大大地提高了当地的印刷水平。此

秘鲁总统府举办盛大庆祝活动，纪念华人抵秘 160 周年

外，中国文化也对菲律宾和美洲产生了极大的影响：马尼拉的第一家中餐馆被当地人所接受；在那个时代马尼拉的一些西式建筑中可以找到中国文化的影子；在南美洲当地的一些艺术作品中，既有天主教堂图案，又有东方的亭台楼阁和小桥流水图；还出现了很多奇妙的“混搭”，比如有着东方人造型的耶稣像。

不过，不管事实如何，秘鲁官方认证的华人移民抵秘第一天，仍然是1849年10月15日，这也是有事实依据的：1849年10月15日，第一批“契约华工”在秘鲁卡亚俄港登岸。1851年，秘鲁黑奴被解放，劳动力缺失，因此需要招募更多华工。当时的中国正处在鸦片战争后的动乱年代，太平天国运动失败后，许多人为躲避清朝廷追捕，不得不远涉重洋到秘鲁谋生。

华人移民的热血奋斗史

早期到达秘鲁的华工几乎都是男性，社会地位低下，加上信仰和生活习惯不同、语言不通，要和当地妇女结婚非常困难。史料中记载：一名中国承包人去山里，为要求结婚的华工找来了同样数量的当地女子。他让从山区来的妇女到一间屋里面壁而立，再让华工进屋背对她们。然后承包人击掌，“新郎”和“新娘”同时转身，相对的两人结为夫妇。这是靠“运气”成婚，不许反悔。这些夫妻生下的混血后代，成了秘鲁居民的一部分。

170多年来，靠着勤劳和智慧，华裔后代开始逐渐融入秘鲁的政治、经济社会。可以说，融入秘鲁社会的华裔并非凤毛麟角，他们已经深入到各行各业。在秘鲁的政界、军界、商界、教育界、科技界，华人的身影随处可见。华裔在政界最高出任过总理一职，也有人做过省长，现任及前任秘鲁驻华大使都是华裔。

发生根本改变的不仅仅是华人的社会地位，还有秘鲁人对中国人的情感态度。经过这么多年的朝夕相处，秘鲁人不光爱上了中国的美食，更对中国人的勤奋、节俭和谦逊表现出由衷的敬佩。在秘鲁，WONG超市可谓家喻户晓。它由老华侨黄炳辉创建，逐渐成为著名的连锁集团。2007年黄氏超市被智利商业集团收购，引发轩然大波，大多数人认为WONG超市是秘鲁民族品牌，对它的感情非常深。可能是出于对秘鲁人的安抚，现在的超市仍保留着原有的名字。

除了黄炳辉以外，在老华侨们的秘鲁奋斗史中，戴宗汉也留下了浓墨重彩的一笔。只有小学文化的戴宗汉，凭借自己的智慧解决了北部沿海旱地种植缺水的问题。1963年，他创办了种植水稻技术中心，把当地水稻的单位产量提高了3至5倍，彻底改变了秘鲁长期进口大米的窘境，秘鲁政府为此给他颁发了勋章。

有人说，正是因为当年的老一代华侨给秘鲁人留下了好印象，现在的新移民才“沾到了光”，受到了不错的对待——这个说法其实有些片面。实际上，新移民像老移民一样热爱奋斗，勤劳勇敢。

从前，中国人在秘鲁乘出租车，司机都会问：“你的餐馆在哪里？”这是因为早期移民大都是来自广东乡下的餐馆老板。做餐馆生意不需要多高的语言水平，能够让这些移民维持像样的生计。随着中国的发展与开放，如今的新移民从事的行业越来越多，知识水平也越来越高。翻开当地的华文报纸，招聘广告从导游、软件设计到翻译、人像摄影，各行各业都有。许多新华侨更是紧跟经济形势，哪行生意赚钱就做哪行，从建筑、养殖到特殊加工，不一而足。

骆先生是新中国与秘鲁建交后的第一批新移民，每每谈起当年之事，他都颇为感慨。那时出国的人很少，到秘鲁的就更少，秘鲁驻北京的大使连签证印章都没有。几经波折，1975年，27岁的他终于拿到第0001号签证。另一位有名的移民吴剑，则是新移民中学历最高的。他是西班牙语语言学博士，考取了秘鲁第一个中西文官方翻译执照，成为拥有这一资格的第一位华人新移民。

华裔的奇特姓氏

令人感动的是，不管是老移民还是新移民，华裔们在秘鲁抽枝生叶、开花结果的同时，仍然深深记得自己的祖国、自己的“根”。我已经参加了九届利马国际书展，在这个一年一度的展会上，我每年都会在中国展台遇到一些寻“根”的华裔。其中有些人，从他们的外表上已经完全看不出中国人的模样，但是，可以从他们急切的心情感受到，这些华裔的内心深处有种强烈的“回归”欲望。还有一些人已经是第六代华裔了，有着不同的肤色。这些人大多没有去过中国，所以迫切希望得到更多中国的信息。言谈话语中，这些华裔对中国发生的巨大变化非常仰慕，并为自己是中国人的后裔而感到自豪。

在与他们交谈的过程中，我还发现了不少有趣的事情。在早期，来秘鲁的华人大多是劳工，他们没有什么文化，还受到了历史条件的限制，导致秘鲁出现了一大批千奇百怪的中国姓。例如，有的华裔姓“Hoja”，这个词语在西班牙语中是“叶子”的意思。这很可能是因为当时有一位姓叶的中国人不懂外语，灵机一动拿起树叶给移民官看，表示自己手里拿着的就是他的姓——于是“叶”姓也就变成了“Hoja”。

还有一些姓氏被写成了近似的发音。比如，许多华裔的姓是“Leon”，也就是西班牙语中“狮子”的意思，但这些华裔实际上姓“梁”。还有人姓“Da fu”，这个所谓的姓显然是个名字，也许当初来到秘鲁的那个人，名字叫“大福”，结果在阴差阳错之下，名字成了姓氏。如今在秘鲁，姓“大福”的华裔还真不少。还有更奇葩的姓叫“Chantai on”，这是粤语的发音，可能是有个人的名字和姓被写在了一起，变成了一长串的“姓”。

曾经有一个姓“Changana”的秘鲁人说自己有中国血统，祖辈姓“Chan”。由于历史上频繁发生战乱，他的祖辈担心受到牵连，就把家族的姓改成了“Changana”。还有一名黑人妇女告诉过我，她本姓李，她的祖辈到秘鲁时在北部的农庄做工。当时农庄的所有工人都被改成了农场主的姓，这一切导致她现在失去了自己的中国姓。不过，她还是通过亲属和血缘关系找回了自己原来的姓，而且还打听到自己的祖籍在中国广东。

有一次，一名50多岁的秘鲁人专门到书展上找到我，然后用平板电脑展示他的家谱，族谱上显示他是第六代华裔。他说，他用了差不多10年时间，四处搜寻自己家族的线索，为的是能够找到自己的“根”。在自己的寻“根”之路上，这位秘鲁华裔遇到的最大障碍就是自己的姓“Sánchez”。之所以有这样一个姓氏，很可能是因为移民官在登记的时候，根据他爷爷姓氏的发音，给他爷爷起了个相似的秘鲁姓“Sánchez”，而他的爷爷也许叫“Sam che”。

还有很多有着类似情况的秘鲁华裔正在寻找他们的“根”。前秘鲁副总统梅塞德斯·阿劳斯曾在一次新书推介活动上向大家透露说，她有中国血统，是从她的祖辈母系传下来的。秘鲁政界名人、律师出身的前国会女议员玛尔塔·查维斯也说过，自己有八分之一的中国血统。

随着综合国力的提高，中国在国际上的地位越来越重要，许多秘鲁人现在都愿意向公众介绍自己体内流淌着中国人的血液，尽管通过他们的名字根本看不到任何与中国相关的信息。

第二章

情有独钟：秘鲁的“超级中国热”

2008年11月23日，时任中国国家主席胡锦涛对秘鲁进行了首次国事访问，出席了在利马举行的亚太经合组织（APEC）第十六次领导人非正式会议。随同胡锦涛参加这次APEC会议的中国代表团中还有数百名商界领袖。在全球经济陷入危机之时，中国代表团的大规模亮相不仅成为各方关注的焦点，更在秘鲁掀起了一股中国热潮。

在此之前，秘鲁媒体就花了好几天的时间报道胡锦涛的访问行程。秘鲁《商报》《秘鲁人报》《共和国报》等各大报纸均在头版大篇幅刊登了胡锦涛来访的消息，上面还写着两个大红色的汉字：欢迎！

中秘经济合作是秘鲁各界热切关注的重点。秘鲁安第斯通讯社报道说，胡锦涛是第一位踏上秘鲁土地的中国国家主席，随他出访的还有近600人，其中包括12名部长与数百位企业家。报道中还说，中秘两国领导人签订了10余项合作协议，并宣布两国成功完成自由贸易协定谈判。这是中国继2006年与智利达成自由贸易协议后，在拉美达成的第二个自由贸易协议，这份协议将促进两国贸易，并且有望使中国取代美国，成为秘鲁第一大贸易伙伴。

时任秘鲁财政部长的路易斯·巴尔迪维索表示，中国是秘鲁的一个重要贸易伙伴。他认为，在全球金融危机的形势下，秘鲁仍保持了较快发展，这与他们跟中国的合作是分不开的，他预计秘鲁在下一年的经济增长率仍会达到6.5%，位居南美前列。

秘鲁中餐馆叫“chifa”

秘鲁的中餐有一块独特的金字招牌“chifa”。这个奇怪的单词来源于“吃饭”的粤语发音，出自早期中国移民之口，后来成了秘鲁当地人对中餐馆的亲切称呼。在秘鲁，上至达官贵人，下至普通百姓，都非常喜爱中餐。秘鲁中餐馆的数量奇多，仅首都利马就有超过5000家大大小小的中餐馆，而且还在不断增加。

更有甚者，一些制作当地风味菜肴的餐馆为了招揽食客，也会打出“chifa”这个秘鲁独创、特有的招牌。chifa中餐馆的生意做得红红火火，享誉国内外，因此，周边国家厄瓜多尔、智利，甚至美国的迈阿密等，都把中餐馆的名字改成chifa来吸引顾客。

“chifa”文化具有悠久的历史。早在很久以前，华人就来到秘鲁，他们不仅慢慢地融入了当地社会，也改变了秘鲁人的很多生活习俗。从前，秘鲁人餐桌上的主食是面包、玉米和马铃薯，他们还嘲笑过中国人吃大米饭的习惯。但随着时间的推移，中国人把水稻种植技术传到了秘鲁，使得秘鲁人慢慢认识了大米，喜欢上了香喷喷的大米饭，进而又爱上了中餐。很多秘鲁人可以脱口说出一长串他们喜爱的中餐名字，“炸馄饨”“炒米饭”“馄饨汤”“柱侯鸡”……所有这些菜，秘鲁人都百吃不厌。秘鲁前国会主席路易斯·冈萨雷斯曾经说过，中餐已经成了秘鲁人食谱的一部分，在利马转转，到处都有chifa，而且餐馆里的菜式融合了当地人的口味。他说：“2001年我到过中国，有一次吃饭时，我们秘鲁代表团点的第一道菜就是Arroz Chaufa（炒米饭），但中国朋友却说，在中国没有我们要的那种Arroz Chaufa！”

利马前市长安德拉代在中国旅游时，也闹过一个小笑话。

安德拉代想找一家餐馆吃饭，就和导游说去“chifa”，但不管他重复说几遍，导游都不明白他的意思。

“chifa”文化对秘鲁的影响非常深。1533年，秘鲁沦为西班牙的殖民地，直到1821年才宣布独立，秘鲁因此被打上了鲜明的“西班牙烙印”：随处可见的教堂，鳞次栉比的哥特式尖顶建筑，就连秘鲁外交部都位于一座古典的西式建筑之内；在秘鲁首都利马，出租车司机甚至连一句英语也不会说。然而，在这样的情况下，“chifa”文化却悄无声息地渗透进了秘鲁。一位在秘鲁的老华侨开玩笑说，秘鲁人早就被中餐给“同化”了——到利马去看一看，那里大街小巷遍布着中餐馆chifa。我也曾在利马的旧书摊上偶然发现过一本《“chifa”菜谱》，出版于上世纪60年代，里面详尽地记录了上百种中餐的做法。

对于秘鲁人而言，中餐让远在太平洋彼岸的中国变得不再陌生。随着中国的不断发展，秘鲁华人华侨的观念不断发生变化，同时秘鲁人也更加看重中国。

中餐登上秘鲁邮票

由于中餐在秘鲁有着极大的影响力，秘鲁邮政在2017年7月18日首次发行了一套中餐纪念邮票。这套chifa邮票面值3索尔（约8美分），上面的图案是秘鲁人最喜爱的4道著名中餐——炒米饭、馄饨、八珍炒面、杜侯鸡。邮票的左上角印有秘鲁、chifa

中餐邮票，左上为炒米饭，右上为杜侯鸡，左下为八珍炒面，右下为馄饨

字样，背景上印着中国和秘鲁两国的国旗，每道中餐图案下都有名称注释。

4张邮票中的4道中餐，最初都是被广东人带来的，所以这些中餐的名称也很有意思，都是广东话与西班牙语的结合，就好像秘鲁的中餐与本地人口味完美结合一样。受到本地人追捧的中餐，又被人们戏称为“本土中餐”。

邮票中最突出的“八珍炒面”，就是最典型的中西融合产物。把猪肉、牛肉、鸡肉、鲜虾、蘑菇、西兰花、鹌鹑蛋、青菜炒在一起，然后浇在炒面上，就成了一道美味的“八珍炒面”。

用粤语报菜名

因为中餐在秘鲁很受欢迎，中国蔬菜也就成了一个主要角色。到过秘鲁的中国人常说，生活在秘鲁的中国人真有口福，在南美各国里，秘鲁的中餐馆算是比较正宗的，而且中国人爱吃的蔬菜在唐人街都能买得到。什么芥蓝、小白菜、空心菜、冬瓜、苦瓜、丝瓜、韭菜……应有尽有，非常丰富。再具体点说，这里常卖的中国蔬菜一般都是广东人爱吃的，卖菜的秘鲁小贩都是用广东话发音报菜名，还会用粤语吆喝说菜很“新鲜”。中国菜种类丰富，与广东籍移民在秘鲁170多年的历史有很大关系，从很久之前开始，就有人专营中国蔬菜和水果了。

在秘鲁唯独难觅中国北方人爱吃的一些蔬菜，比如韭黄、蒜苗、茴香等。韭菜在秘鲁是个外来品种，秘鲁人不吃，我至今也没有看到秘鲁人用韭菜制作的菜式，他们最多只是把韭菜当作一种香料使用。

韭菜有点辛辣味，当地人把它称作“中国蒜”，或者干脆用广东话管它叫“韭菜”。在秘鲁，买韭菜的消费者并不多，居住在当地的日本人、韩国人一般只会少量购买，最大的消费人群是中国人，特别是中国的北方人。广东人不太爱吃韭菜，我问了不少在秘鲁生活多年的华侨，有人只是偶尔吃点鸡蛋炒韭菜，或者腊肉炒韭菜，不像北方人对韭菜那么“亲”。

在中国有这么一种说法，南北方以淮河为界，北方人喜欢吃韭菜，而南方人不喜欢。其原因是，韭菜虽然非常好种植，在中国各地都能生长，但它耐寒而不耐热。因此，南方的韭菜并不好吃。而在中国北方的家常菜谱上，韭菜盒子、韭菜馅饺子、韭菜馅包子……都会让人胃口大开。

我刚来秘鲁时，一位北京老乡请我们去他家里吃涮羊肉。芝麻酱是他自已做的，就连北京火锅中不能缺少的韭菜花都是自制的。他说，在秘鲁买不到韭菜花，他就把韭菜当成韭菜花的替代品，用盐腌制后，再放入其他的调味品，做出来的口感还挺不错。

其实秘鲁的韭菜味道并不是很好，但是人在秘鲁却能吃到韭菜，算是弥补了北方人心中的一点缺失。近几年，来秘鲁投资的中资公司越来越多，中资员工，特别是北方人越来越多，韭菜的价格一路上涨。过去的时候，一公斤左右的一大捆韭菜只卖两三块钱（当地货币，约合人民币五六块钱），后来我曾经在一家超市看到一小把韭菜，大概有十几根，已经标价一块三毛钱了（当地货币）。照这样下去，秘鲁的韭菜要论根儿卖了。

在远离家乡的秘鲁吃到韭菜馅饺子，好像有一种回到家的感觉，这也许是生活在秘鲁的中国北方人对韭菜如此钟情的缘由。韭菜承载了人们的思乡之情，它的价格自然也就水涨船高了。相信在不久的将来，为满足市场需求，会有更多备受中国北方人喜爱的蔬菜出现。

“接地气”的十二生肖

在秘鲁人眼里，中国的生肖是一种既亲切又神秘的文化符号：用十二种动物来代表人的不同性格特征，以十二年为一个轮回；每种动物都被分为金、木、水、火、土五种不同类型；不同的动物之间有着微妙的联系……这简直太有意思了！

秘鲁人对生肖文化的喜爱是显而易见的。每到中国新年到来之际，秘鲁电视台和报纸、杂志都会制作专版和专题来介绍中国的生肖文化，还会借生肖文化的东风来测前途、测经济、测生活、测财运等，甚至会预测一些政治人物、社会名流、著名运动员的新年运势。这样做虽然是为了提高收视率或发行量，但也在无形当中，助推了中国生肖文化在秘

漫画十二生肖

鲁的传播和普及。

已经从事20多年《易经》教学的秘鲁人高旺民认为，秘鲁人对中国的十二生肖没有什么特别的了解，他们甚至认为本命年是自己的“好运年”。他说，秘鲁大学每年都会请他去讲课，内容包括中国的过年习俗、人们的来年运程等。前不久，秘鲁天主教大学请他讲《中国过年的习俗和生肖运程》，在开讲的前一周，报名听课的学生就已经满员了，导致那些在开讲当天临时起意听课的学生无法进入礼堂。高旺民经常在社交网络上做生肖讲座直播，他说这样的直播每天都能吸引上千人观看。他还说，唐人街上有家秘鲁人开的商店，老板每年都要从中国进口生肖商品，这些商品很受人们喜爱，往往在新年来临之前就会销售一空。

秘鲁人对生肖文化的喜爱还体现在很多方面：在秘鲁的首都利马有一条长50米的唐人街，上面的大地砖被铺成了十二生肖的图案，年年更换，吸引了来自国内外的游客在此留影；唐人街两旁的小商铺里摆满了当年的生肖吉祥物，很多客人都慕名前来购买；秘鲁销量第一的著名汽水饮料“印加可乐”，曾经专门定制了一款带有中国汉字和生肖剪纸图案的商标，受到了大家的欢迎和喜爱；2015年，著名的秘鲁《商报》利用中国的剪纸

利马唐人街

艺术，把几个政治人物的头像与他们的生肖结合了起来。生肖、剪纸与秘鲁政治看似没有任何联系，但是这种别出心裁的“混搭”却起到了很好的效果，妙趣横生，相得益彰。

有很多秘鲁朋友向我打听过中国的生肖文化，他们顺便还会请我给他们算一算自己的属相是什么，有什么寓意，代表的个性特征是什么。秘鲁天主教大学的女学生莱蒂西亚说，中国的十二生肖非常有意思，因为根据十二生肖的世界观来看，人与自然是平等的，人是动物世界的一员，而非凌驾于动物之上。天文意义上的星宿世界，本来似乎属于一个抽象的、人类无法触及的次元，然而十二生肖使这个抽象世界更加“接地气”了。

利马唐人街上的关公巡游活动

许多秘鲁人参与关公巡游活动

忙碌的舞狮团

在秘鲁，每逢过年过节或有重大活动的时候，人们都会请来舞狮团助兴。色彩艳丽、憨态可掬的狮子们踩着锣鼓点欢快地舞动，不仅增添了节日气氛，还给人们带来了欢乐。舞狮是中国人在节庆时表达欢乐情绪、祈求五谷丰登的一种传统习俗，被移民海外的中国人带到国外，生根发芽，开花结果，成为中国文化的典型象征。

秘鲁舞狮团，四个小伙子都扎着红色的腰带

早期来秘鲁的中国移民以广东人为主，他们舞的狮子也是广东狮，又称“南狮”。一只狮子由两人操作，一人舞头，一人舞尾，狮子的两只大眼睛一眨一眨，很有精气神。狮身由五种颜色的布条做成，两人协调配合，伴着强烈的锣鼓点节奏，狮子上下翻腾，摇头摆尾，非常惹人喜爱。

逢年过节的时候，是舞狮团最忙的日子。邀请他们做表演的人，大多是唐人街上的商店、餐馆老板。在这些唐人街的老板中，既有华人，又有秘鲁本地人，但他们都遵守着“古老的”传统，在大门上挂起生菜，里面放进红包，等待瑞狮“采青”，也就是一口吃掉高高挂起的青菜。之所以使用生菜，是取了它的谐音“生财”，寓意生意兴隆，借此来图个好彩头。据说，“狮子”还要把生菜撕碎抛向大家以表谢意。

舞狮团原来只在华人社团活动，每当华人商铺开张时就前去表演。慢慢地，当地人也开始接受这种热闹的庆祝方式，一些大企业搞活动时，也会邀请中国舞狮团助兴。

在马路上表演舞狮的年轻人。狮子摇头摆尾，好不热闹

秘鲁华人舞狮团的规模有大有小，大的有几十名队员，小的有两三人。他们大部分都依附于侨社会馆，一小部分属于个人。我有个秘鲁朋友，他给自己起了个中文名字叫高学华。他不仅能写一手好毛笔字、讲一口流利的普通话，还能讲广东话，甚至客家话。高学华自己就有一个小舞狮团，逢年过节时经常受邀表演。

过去，秘鲁舞狮团的队员以华裔为主，基本上都是大学生和中学生。因为舞狮团中主要是年轻人，所以人员流动性比较大。现在秘鲁舞狮团加入了不少喜爱中国文化的秘鲁人，吸收了很多“新鲜血液”。在一次活动中，我发现舞狮团中增添了两只小狮子，舞得有模有样，甚是可爱，后来一问才知道，两只“小狮子”一个4岁，一个5岁，这可能是世界上年龄最小的舞狮队员了。

舞狮团不断吸纳新成员

在利马武器广场的总统府前，嘉宾们观看舞狮助兴

华人醒狮团的教练是个地道的秘鲁人，叫豪尔赫，40多岁，做了很多年的舞狮团教练。他酷爱中国功夫，人们经常能在华人会馆里看到他的身影。豪尔赫还把中国功夫穿插在舞狮的间歇中，让当地观众既能看到热闹的中国传统舞狮，又能欣赏到精彩的中国功夫。他的学生们表演刀、枪、剑、棍，一招一式做得虎虎生风，总会赢得热烈掌声。正是由于许多像豪尔赫这样热爱中国文化的秘鲁人勠力同心、努力奋斗，秘鲁舞狮才能一直保持旺盛活力。

秘鲁人也看《毛泽东选集》

毛泽东从来没有去过拉丁美洲，但却在那里产生了巨大影响，收获了不少忠实的粉丝，尽管在这些粉丝中，有很大一部分人从来都没去过中国。

秘鲁人对毛泽东的敬爱由来已久。秘鲁官方翻译费尔南是个中国通，他说在过去的时候，拉美国家一直受制于美国，仿佛是美国的“后院”。从古巴革命胜利开始，一些拉美年轻人感到很振奋，认为终于有一个拉美国家敢与美国抗争了。上世纪60年代，拉美年轻人接触到了来自苏联、中国的一些社会主义思想，毛泽东的著作、《中国建设》和《人民画报》的西班牙语期刊也在这一时期进入拉美，影响了整整一代左翼青年。许多人从中了解到，是毛泽东带领着中国人民发扬自力更生、艰苦奋斗的精神，一改过去贫穷落后的面貌，实现了原子弹从无到有的突破，以大国的身份屹立于世界民族之林。这些事实给了当时的秘鲁人很大的激励，也是从那时起，秘鲁人有了对毛泽东的崇敬之情。

在秘鲁生活多年，我发现很多秘鲁人虽然身处不同社会阶层，从事不同行业，但都非常敬慕毛泽东的哲学思想、行为方式。现如今，毛泽东已经去世40多年了，但秘鲁人民仍会通过各种方式，表达他们对毛泽东的敬意。

我参加过几次秘鲁的大型国际书展，在中国的展位上，每年都会有秘鲁人来询问有没有《毛泽东选集》。咨询的人里有年轻人，也有上了年纪的，其中很多人都愿意谈谈自己对毛泽东的崇拜之情：有的人回忆起年轻时曾经读过的中国书刊，说起来非常亲切；有的人对毛泽东哲学思想非常认同，佩服毛泽东不惧西方压力的坚韧；有的人欣赏毛泽东独立自主、自力更生的思想。

还有一次，我去一家汽车修理厂修车，无意中发现这个车厂的名字叫“Mao”。我从没听到过这样的名字，就向车厂询问此名从何而来。答案使我很吃惊：车厂的名字叫“Mao”，是因为老板的父亲敬佩毛泽东，就给自己的儿子起名叫“Mao”。老板的父亲叫马克西莫，是秘鲁安卡什人，从小在高原山区长大，祖辈都是农民，依靠耕作农田自给自足。他的家乡很穷，没有公路。他当年走出大山，来到利马读书，在大学里第一次读到毛泽东的哲学类书籍，非常喜爱，手不释卷。1976年，他的儿子出生了，为寄托他对毛泽东的崇敬之情，同时把自己的理想传给下一代，他就给儿子起名为“毛”。

修车厂的老板“毛”说：“修车厂是用我的名字命名的。我觉得‘毛’这个名字与众不同，能够给人留下非常深刻的印象。我10岁时就读过毛泽东的哲学书。现在中国的经济实力很强，秘鲁也与中国有自由贸易协定，我很想去中国的交易会看看。”

第三章

“走出去”：中国与秘鲁的经贸关系

2020 年是《中国—秘鲁自由贸易协定》生效 10 周年。中秘两国间的长久友谊在经济方面也有所体现，中国连续 6 年都是秘鲁最大的贸易伙伴。正如秘鲁前政府总理瓦尔特·马托斯在接受《今日中国》杂志专访时所说的那样，“相信秘中经贸关系的发展有利于秘鲁政府推行经济复苏政策”。他还说，秘鲁和中国签订了一份全面战略伙伴关系的协议，这将有利于促进两国在疫情后进一步发展双边贸易关系。尽管现在国际贸易有诸多限制，但秘鲁对华出口一直以来都是非常规律的。秘鲁出口到中国的产品多种多样，可以肯定，最近几年秘鲁经济的增长得益于秘鲁与中国的战略关系。

秘鲁外贸和旅游部部长克劳迪娅·科尔内霍说，2020 年是“秘中自贸协定”生效的第十个年头，这是中国与拉美国家签署的首个一揽子自贸协定。10 年中，秘鲁对华出口累计达 899.58 亿美元，新增对华出口产品近 800 种，其中大部分属于非传统领域，如金属机械、化学制品和纺织品等；新注册的向中国出口的企业超过 1500 家，其中 70% 以上是小微企业。据中国海关总署统计，2020 年前 11 个月，秘中进出口贸易总额达 207 亿美元，中国进口 128 亿美元。

2020 年底，秘鲁国家馆进驻中国电商平台，首批上线的有巧克力、藜麦、皮斯科酒和羊驼绒制品等特色商品。与此同时，秘鲁出口和旅游促进委员会在中国举办了数场美食推广活动，在直播中展现用藜麦、白对虾、牛油果和蓝莓等食材制作美味饭菜的过程，还举办了秘鲁美食周，全力推广特色农产品。

中资企业遍地开花

中秘自贸协定签署10年来，各个领域的中资企业都来秘鲁开展投资，从基础设施到矿业投资，从手机、汽车、摩托车到大型工程机械等。

据当地媒体报道，2020年前8个月，秘鲁进口量排名前五的手机中，中国品牌占据三席，其中华为以33%的占比排名第一，小米和中兴排名上升，分列第三、第四位。

在汽车市场中，中国的长安、北汽福田、江淮等品牌很受消费者欢迎。这些汽车的性价比和舒适度都很高，以出色的设计受到秘鲁消费者的青睐。

由中国中铁十局与长飞秘鲁公司承建的秘鲁安卡什地区整体互联互通与社会发展宽带安装工程，将使偏远社区民众享受到便捷的网络服务，如实现远程教育、远程医疗，受益人口超过50万。秘鲁目前正在推进的数字化转型，其中长飞、华为、中兴等中国企业已开始发挥重要作用。

从秘鲁首都利马向北走约60公里，能看到一个天然的深水良港钱凯湾，在那里有个正在建设中的大型港口。这是中国在秘鲁的第一个大型交通类基础设施项目，由中国远洋海运集团控股，一期工程包括多功能码头、物流区，以及连接两处的隧道。预计它在未来将成为南太平洋及沿岸的重要交通枢纽和物流中心，能够极大地促进秘鲁的进出口贸易。

矿业也是中国在秘鲁投资的重点领域。五矿集团投资的拉斯邦巴斯项目是全球最大的铜矿项目之一，每年能拉动秘鲁经济增长1%到1.5%。除此之外，电力能源领域同样吸引了大量中国资金。2016年，中秘两国签订了《能源领域开发合作机制备忘录》。此后，三峡集团启动一系列投资项目，建设圣加旺Ⅲ水电站、收购查格亚水电站，去年又完成了对秘鲁最大电力公司的收购，中资企业首次进入秘鲁大型公用事业领域。

首钢在秘鲁走过的坎坷路

随着全球工业原料价格的上涨，到国外开矿成为越来越多中国企业的选择。1992年底，中国首钢集团（简称“首钢集团”）购买了濒临倒闭的秘鲁国有铁矿公司，成为最早跨出国门的中国公司之一。

秘鲁的矿业投资就像一枝带刺的玫瑰，有诱惑也有荆棘。2008年，我曾经走访过首钢秘鲁铁矿股份有限公司矿区，当年正好是首钢集团在秘鲁投资的第15个年头，我亲眼看见、亲耳倾听了他们的挫折和喜悦。

首钢秘铁矿区

首钢秘铁矿区

首钢集团管辖的首钢秘鲁铁矿股份有限公司（简称“首钢秘铁”）是南美洲最大的中国矿业投资企业。首钢秘铁矿区位于距秘鲁首都利马以南525公里的伊卡省纳斯卡市马尔科纳区。从利马驱车到马尔科纳，沿着南泛美公路行驶大约6个小时就到了。这里与世界著名的纳斯卡地画相距大约1个小时的车程。

马尔科纳是一座美丽而宁静的海港小城，目前有1.3万人生活在这里，其中8000人是首钢秘铁的职工和家属，其余是渔民和青年村的新移民。首钢集团投资铺设的30多公里的柏油路通向这座小城的每个角落，不时能看见免费接送矿工的班车驶过。首钢秘铁公司的家属住宅区按照字母顺序整齐地分布在小城内。矿区公路与泛美高速公路直接相连，公司拥有可停靠20万吨散装货轮的港口通航世界各地，公司小型客机可直接在海军机场起降，交通十分便利。

首钢秘铁的前身是1953年美国人成立的马尔科纳矿业公司。1975年秘鲁政府将该公司收归国有，成立了秘鲁铁矿公司（简称“秘铁”）。由于经营不善，企业濒临倒闭。1992年12月，中国首钢集团通过投标收购了这样的一个烂摊子企业，购买了秘铁98.4%的股权。1993年首钢秘铁公司开始运作时，公司的基础设施基本处于瘫痪状态，8条矿粉生产线只有一条能进行正常作业，其他的电铲、钻机、破碎机等设备都完全不能运作或处于极差状态。接手之初，首钢集团充分发挥生产组织和人力资源等方面的优势，并投入资金修复、更新设备，使秘铁快速“起死回生”，当年产量就由1992年的284.8万吨提高到525.8万吨。

首钢秘铁的家属住宅区，面朝大海，十分安逸

首钢秘铁的现代化厂房

但是从1996年至2002年，受国际铁矿石市场需求不旺和亚洲经济危机的影响，铁矿石销售困难，价格很低，企业产量一直在400万到500万吨的盈亏平衡点上下徘徊，几乎无利可图。首钢秘铁资金周转困难，银行贷款居高不下，有时为了开工资还要四处筹措资金。罢工、各种舆论和争议压得首钢秘铁喘不过气来，当时很多人都有卖掉企业的心。面对重重困难，首钢秘铁还是挺了过来。

随着国际铁矿石市场迅速好转，随着首钢集团对秘铁认识的逐步深入及对秘鲁法律和经营环境了解的加深，首钢集团驾驭企业的能力逐步提高，秘铁经营状况逐渐好转，产量和赢利能力不断提高。2007年销量达770万吨，其中发往中国市场的铁矿产品485万吨，实现税前利润1.4亿美元。

首钢集团开始接手秘铁时，考虑在各个生产班组配备中国班组长带班，到秘铁工作的中方人员最多时有170多人，一到吃饭的时间，专门供中方人员就餐的食堂里就会排起长队。后来人们在工作中发现，因为中国派来的班组长不太懂西语，与当地矿工无法交流，对工作很不利。后来公司逐步改用秘鲁人来管理秘鲁人，提高了效率。截止到2007年底，首钢秘铁在册员工共计1800余人，其中中国职工不到30人。

厂房内的设备

随着当地职工人数的增加，企业包袱也越来越重。为解决这个问题，首钢秘铁想出了将企业的一些工程及在法律允许范围内的部分辅助业务实行外包的策略。找一家有信誉、资质好的企业实行第三方服务，为企业减轻了不少负担，化解了企业与员工在福利等一系列人事、分配等问题上的冲突，使企业能够轻装前进，没有更多的后顾之忧。

首钢秘铁在逐步增加产量的同时，对环保也非常重视。投资500万美元的尾矿库已于2001年投入使用；投资340万美元的污水处理厂也在2006年底投入使用，日处理污水6000吨，能对首钢秘铁生活区的污水进行处理。据负责污水处理的秘鲁工程师介绍，处理后的水样均由专业人员送往利马国家卫生部指定的化验室化验，确认合格后才可排入大海，结束了40多年来生产生活污水直排大海的局面。

维托·吉因是首钢秘铁生产部的一名总管，他谈起中国首钢集团投资前后的变化时说：“我在这个矿山工作了30年，首钢集团来之前，马尔科纳的经济不是很好，这里的人也很少。矿山被卖给首钢集团后，这里的经济开始逐渐恢复。”维托·吉因表示：“我认为像秘鲁这样矿业资源丰富的国家，最重要的就是要把矿产开发并销售出去。越多的开发和销售，就会带来更多的工作机会，带来更多的收入，现在首钢秘铁做的正是这些。”“特别是教育方面，以前国家的政策是矿业公司必须负责当地的学校，后来政策变了，学校划给了地方，但首钢秘铁并没有停止对马尔科纳地区教育的援助，还为所有的学校重新修建了厕所。马尔科纳已经成为全省教育设备最现代化、教学环境最好的地区。”吉因的太太说，他们全家对首钢秘铁的工资和福利都非常满意，他们可以在130平方米的大房子里舒适地生活，能供3个孩子学习，这都是首钢秘铁给予的。

在首钢秘铁人事行政部工作的弗雷迪·桑切斯谈道：“首钢集团刚来投资的时候有很多阻力。我们员工内部也对首钢集团不信任，认为矿山只是换了个主人，我们自己不会得到好处。后来当首钢秘铁有了自己的发展计划，有了改善社区条件的计划，并且逐步实施了这些计划后，所有人都有了动力，有了目标。我们现在的效益越来越好，所以很多当初抱怨、不满的人已经什么也不说了，因为他们亲眼看到了城市的变化。现在我们有了很多公路，市中心有很多商店和餐馆，路上的车也多了，首钢秘铁的发展带动了整个地区的发展。”

中国三峡集团助推秘鲁清洁能源发展

“正确开发利用水资源”一直是国家建设的重中之重，反映了一个国家的发展水平。秘鲁有着丰富的水力发电资源，但分布不均衡。东部地区亚马孙河水系的诸多河流，多数发源于安第斯山脉东麓，落差较大且水量丰沛，但该地区地广人稀，开发程度较低。2015年，秘鲁全国水电开发总量仅占技术可开发量的6.6%，发展较为落后。

面对这样的情况，秘鲁积极与中资企业寻求合作，达成了一系列的阶段性成果。2016年11月，中秘两国签订《能源领域开发合作机制备忘录》，中国长江三峡集团有限公司（简称“三峡集团”）与秘鲁能矿部签署了《关于深化清洁能源领域合作的协议》。随后，三峡集团在秘鲁开展了一系列的投资。目前，三峡集团旗下有四家单位（中国水利电力对外公司、湖北能源集团股份有限公司、三峡国际能源投资集团有限公司以及中国长江电力股份有限公司）在秘鲁开展业务。

为什么三峡集团能够得到秘鲁政府的大力支持？原因

有三。

第一，三峡集团是全球最大的水电开发运营企业和我国最大的清洁能源集团，拥有包括规划设计、建设施工、运营的全产业链优势，且具有良好的品牌优势和融资能力。

第二，三峡集团旗下的中国水利电力对外公司曾于上世纪70年代参与中国对秘鲁的经援考察工作，后于1997年正式进入秘鲁工程承包市场，成为首批进入秘鲁工程承包市场的中国公司。中国水利电力对外公司承建了秘鲁华亚加桥梁项目、利马阿隆索房建项目、港波游房建项目、秘鲁伊市给排水项目等，获得了秘鲁市场的广泛认可。

秘鲁伊市给排水项目

第三，三峡集团始终秉持“共商、共建、共享”的原则，服务秘鲁实际需求，积极履行社会责任，竭力实现合作共赢。

多年来，三峡集团在秘鲁的耕耘频频结出硕果，顺利完成了多个项目的设计和建设，另有部分项目在建。其中，比较著名的项目有以下几个。

秘鲁圣加旺Ⅲ水电站项目：由三峡国际能源投资集团有限公司旗下的环球水电秘鲁公司出资建设，中国水利电力对外公司为项目总承包商，该项目是中国—秘鲁产能合作第二批早期收获项目清单中唯一的水电项目。水电站位于秘鲁东南部普诺省，是圣加旺河最下游梯级电站，电站总装机容量20.93万千瓦，设计年发电量12.5亿千瓦时。目前项目正在施工建设中。自开工以来，项目组成员开展了一系列社区帮扶活动，帮助改善学校教育设施、组织和参与捐赠活动、提供免费医疗救助以及带动当地餐饮服务、家禽养殖和种植业发展。项目采取属地化管理模式，90%以上的工作人员均从社区招聘，目前各工作面的

圣加旺Ⅲ水电站目引水隧洞

工长都是秘鲁当地人。

查格亚水电站项目：查格亚水电站装机容量45.6万千瓦，为秘鲁目前第三大水电站，由湖北能源集团股份有限公司、三峡国际能源投资集团有限公司旗下ACE基金、国新国际组成的联合体从奥德布雷希特公司（Odebrecht）手中收购而来。结合三峡集团在大型流域电站建设、运营管理方面的经验优势，可有效推动中秘双方在设计、施工、运维等领域的融合发展，推动秘鲁清洁能源全产业链发展。

查格亚水电站

路德斯配电公司：长江电力中标路德斯配电公司后，于2020年4月成功完成股权交割。设立秘鲁安第斯项目办公室，负责路德斯公司的管控，充分尊重和信任现有公司治理结构和管理团队，发挥双方互补和协同优势，通过专业化、市场化和属地化的管控，保障和支持路德斯公司在水电开发、配网技术革新等领域全面发展，助力路德斯公司不断做强、做优、做大。

三峡集团将不断深化中国和秘鲁的产能合作，助推秘鲁清洁能源发展，缓解秘鲁东南部地区电力短缺的状况，带动秘鲁当地人就业，推动区域内经济发展和社会全面进步。

投资秘鲁，中铝练就“相处之道”

2007年，中国铝业股份有限公司（简称“中铝公司”）斥资8.6亿美元收购了秘鲁铜业公司，获得了秘鲁特罗莫克铜矿项目的矿权期权，成为中国改革开放后在秘鲁投资最大的中资企业。

从2006年开始，中铝公司响应国家“走出去”的号召，实施海外资源战略，对全球的矿业资源进行了筛选。从国家宏观环境看，秘鲁矿产资源丰富，铜、铅、锌、金、银等有色金属及贵金属储量和产量均居世界前列，而且政治稳定，法律体系完善，对外来矿产资源投资持欢迎态度。特罗莫克项目位于秘鲁中部传统的矿业区，基础设施相对完善，周边有现成的水、电、公路、铁路、港口等基础设施，开发建设风险较小。通过认真比较和分析，中铝公司最后选择并成功获得秘鲁特罗莫克铜矿开发项目。2008年5月，项目正式着手开发，2013年底正式建成并投入试生产，成为秘鲁过去近20年来建成的最大矿业项目，也是中资企业在海外建成的最大的铜矿山。项目现在处于产能稳步提升阶段。

中铝公司的铜矿采矿场

选矿厂的雪景

一些秘鲁人认为外资企业来当地投资矿产是“掠夺资源”，但是中铝公司采取了一系列做法，让当地百姓看到，中铝公司来到这里不是掠夺资源，而是要取得多赢的结果。过去一些公司的做法是先收益再回报。而中铝公司在项目未上马前，就先行回馈社会，再推动工程项目建设。中铝公司投资5000多万美元建设了污水处理厂，解决了困扰当地70多年的水污染问题；创造了1000多个直接就业机会和几千个间接就业岗位。中铝公司还尽其所能地帮助社区居民解决短期和长期的利益诉求，比如每年为当地中小学生提供十几万份免费早餐，从利马请来医生为当地老人治疗

白天的选矿厂

夜间的选矿厂

白内障，为当地牲畜打疫苗，等等。当地一些非政府组织曾反对中铝公司进行矿业活动，但是多数百姓都不参加，因为中铝公司为他们带来了好处。中铝公司还邀请秘鲁的民意调查机构对社区民众进行随机调查，了解百姓在想什么，问题出在哪里。

在前期工程中，难度最大的是矿区居民大规模搬迁，而中铝公司是秘鲁矿业史上第一家对矿区居民进行整体搬迁的企业。2012年底新镇建成，镇内有1050套住宅以及学校、医院、教堂、警察局、市政厅、垃圾处理厂、现代化通讯设施等，从根本上改善了当地居民的生活居住水平。大规模搬迁新镇不是一件简单的事，最棘手的是确定谁有权分到房子、分到哪里、如何补偿等。后来中铝公司总结出一条有效做法：让当地居民参与制定规则来协调他们内部的分歧，取得了良好的效果。

经过多年在秘鲁的辛勤耕耘，中铝集团渐渐形成了良好的声誉，成为秘鲁当地"社会尊敬、员工自豪、效益优良和环境友好"的典范，创造了外商在秘鲁投资的成功典型案例。

长飞秘鲁公司：从无到有的蓬勃发展路

漂洋落地

长飞光纤光缆股份有限公司（简称“长飞公司”）成立于1988年5月，是专注于光纤光缆产业链及综合解决方案领域的科技创新型企业，为全球70多个国家和地区提供优质的产品与服务，其中也包括秘鲁。

长飞公司与秘鲁结缘于2018年。当时，秘鲁通信部下属的电信投资计划署通过秘鲁投资促进机构，发布了第三期区域网络建设项目。接到这个消息以后，在骄阳似火的武汉夏日里，长飞公司各级领导对秘鲁项目进行了统筹分析和评估，批准成立秘鲁项目组。8月17日，第一支由销售、技术、交付等各专业组成的8人先遣队率先到达了秘鲁现场。

8月的秘鲁还处在冷风瑟瑟的冬季，与烈日炎炎的武汉形成了鲜明的对比。团队中的大部分成员都是第一次到南美国家，懂西班牙语的人只有一个，所以他们不仅要面对中西生活方式差异的挑战，还要应对语言不通的障碍。项目涉及的几千页的标书都是西班牙语版本，由于缺乏承担翻译工作的专职人员，团队只能用翻译软件把西语转换为英语，再按照不同的业务板块拆分给相关人员解读。

团队所有人都忙得热火朝天。客户经理不仅要负责外部与客户对接，收集市场竞争信息，还需要协助内部解读标书，翻译澄清问题，并与协助技术同事与客户做现场澄清交流等工作。其他同事也都是身兼数职，如参与方案的设计、优化、整合，与分包商进行谈判，建立资源池，研读本地相关法律条款等。经过3个多月的不懈努力，团队众人终于完成了投标文件准备工作。

生根发芽

2018年12月底，长飞公司凭借光纤技术优势、雄厚的资金支持、完善的解决方案以及多年来的好口碑，一举中标。拿到项目的中标函后，团队于次年1月份再次来到秘鲁，开始准备在当地筹建公司的事宜。2019年1月31日，长飞秘鲁公司正式成立，这意味着团队成员们从“游击战”转为“阵地战”，正式在秘鲁扎根。

虽然当时的秘鲁已经有了很多做大型总包项目的中资企

业，如首钢、矿建、中铁、中交等，但是这些中资企业主要在基建领域耕耘。于是，长飞公司作为第一家在秘鲁通信领域做大型总包项目的中企，成了"第一个吃螃蟹的人"。由于缺少相关运营经验，长飞秘鲁公司的员工们只能摸着石头过河，一步步地去探索。

首先需要解决的是人员问题。由于项目涉及土建、外线、设备等不同专业领域，需要招聘大量的人才，因此项目组的员工们一边利用国内总部人力资源平台招聘中方人员，一边搭建本地人力资源平台，开始紧锣密鼓地招揽秘鲁人才。2019年3月3日，技术总监胡安·扎帕塔（Juan Zapata）加入长飞秘鲁，成为公司的第一位本地员工，此后不断地有新鲜血液汇入，为团队增加了活力与竞争力。

其次是办公地点的租赁与布置。起初，团队借用本地合作伙伴的会议室作为临时办公地点，十几个人共同挤在一个小小的会议室里，只需要一张凳子和一个能放电脑的桌角，大家就能专心致志地工作一整天。另一方面，销售线人员也在到处找寻办公室，选址、租赁、装修等，终于在2019年5月份搬进新的办公室，阵地战有了稳定的据点平台支撑。

最后是筹备合同的签订，这也是最为重要的一环。因为合同涉及工程庞大，并且长飞秘鲁公司属于外国投资者，所以该项目的银行保函、证件认证、法律条款等流程都与一般项目存在差异，需要的办理时间也相对较长。经过与业主方及招标方的不断沟通，项目组不断完善各项文件，终于在2019年7月10日于秘鲁总统府完成合同签订。时任总统马丁·比斯卡拉在签约仪式上宣称，这个项目对秘鲁（尤其是偏远地区的民众社区）而言十分重要，网络的连接将缩小数字鸿沟，让秘鲁人民能够享受到远程教育、远程医疗、民生安全的福利。

开枝散叶

长飞秘鲁公司的项目施工场地分布在秘鲁四个不同的省份，为了靠近施工现场，更好地推动项目的交付执行，项目组先后在各省份设立了本地子平台，招聘本省员工，也为当地提供了更多的就业机会。此外本地子代表处还积极举办、参加公益活动，如2019年12月13日，拉利伯塔办事处响应当地政府的号召，积极参与“安全回家”公共安全宣传活动，购置帐篷，制作宣传横幅在公路旁做宣传，还免费为路人提供用于高原反应的柠檬糖、纯净水等小礼品，获得了当地媒体和政府的好评。

此外，长飞秘鲁公司的员工们还积极深入各省区的偏远地

长飞秘鲁公司的项目施工现场

区，给当地百姓做网络通信知识培训和宣讲，让他们了解外面的世界，了解网络将给生活带来的便利。

蓬勃生长

2020年新冠疫情肆虐全球，秘鲁也未能幸免于难。长飞秘鲁公司的项目在一定程度上受到了影响，特别是从3月份到7月底全面封国时期，施工几乎处于全面停滞状态。为了赶进度，项目组成员没有停下前进的脚步，积极开展线上工作。一方面努力

正在紧锣密鼓进行施工的工人们

寻找分包商，丰富分包资源池，寻找可用的站点土地资源，同时与业主方沟通技术方案，敲定最终设计，为恢复施工做好充分的准备；另一方面组织中方员工和本地员工一起学习土建、数通、设备、电源等项目涉及到的各专业知识，互相交流，既提高了员工的综合素质，提高工作效率，也增进了团队凝聚力。

2020年8月份秘鲁解封，项目组成员迅速行动起来，当月在特鲁希略市举办了光缆敷设开工仪式，意味着项目正式进入施工阶段。紧接着，其他大区的开工仪式也相继开展，各大区的州长、市长等官员都参加了仪式。参与仪式的官员们表示，该项目将会给偏远地区的民众带去福利，对此需要向长飞秘鲁公司表示感谢，也希望项目能够早日顺利完工。

在短短两年多时间里，长飞秘鲁公司已经发展成为一个由200多名秘鲁员工和20多名中方员工组成的大家庭，并在继续发展扩大中。随着他们工作的不断深入，秘鲁农村与城市之间的互联桥梁已初现轮廓，新的互联时代形态——万物互联正在产生，“信息随心至，万物触手及”这样的智慧生活，正在不远的未来向秘鲁人民招手。

安第斯山上的五矿人

在距库斯科城西北直线距离约80公里处，被称作“世界新七大奇迹”之一的马丘比丘已被世人知晓，而在其西南部，直线距离同样是约80公里的另一处地点，也正在逐渐地大放异彩。这个地方名叫Las Bambas（邦巴斯铜矿），是由中国五矿集团有限公司（简称“五矿”）开发并运营的世界顶级铜矿山之一。

邦巴斯铜矿历史悠久，其中Ferrobamba矿坑早在1874年即被世人发现。1911年，人们对这个矿坑进行了第一次勘探，但在随后的一百年中，矿坑始终没有被大规模开采，直至2012年才全面启动大规模开采建设工作。2014年8月，由五矿资源有限公司、中信金属股份有限公司、国新国际投资有限公司组成的联合体成功获得邦巴斯铜矿所有权，并加速推进建设工作。2015年12月开始试生产，2016年1月成功运出第一船铜精矿；同年一季度，项目建设完成，顺利达产，于7月1日宣布进入商业化运营，达产进度超出世界同类矿山平均水平，一举跻身世界前十大单体铜矿山之列。

Ferrobamba 采矿场在紧张有序中推进铲装效率

一座百年的矿山，一座承载着无数矿业工作者梦想的铜矿，终于在五矿人的手中开始真正散发出耀眼的光芒。

五矿的战略目标是打造“中国第一、世界一流”的金属矿业集团，因此在投产以来，全体五矿人积极践行“一天也不耽误，一天也不懈怠”的企业精神，奋发图强、攻坚克难，迈过了一个又一个里程碑：矿石处理量、选矿回收率等关键指标不断提升并超过设计值；累计生产铜精矿含铜168.3万吨，超过中国国内同期矿山铜产量四分之一，使集团公司一跃成为中国第一、全球前十大的铜矿生产商；累计实现销售收入95亿美元，折旧摊销前利润53.07亿美元，成为集团公司最为重要的资源保障子企业之一；第二采场、第三台球磨机等重大项目亦陆续进入实施阶段。

邦巴斯铜矿通过近5年的运营，不仅回运了大部分产品，极大增强了中国铜资源战略保障能力，同时也为秘鲁经济发展带

选矿厂磨矿主管与员工在进行例行生产巡检，以确保设备正常作业、生产按计划推进，并根据入选矿石变化做出及时调整

来了重要推动作用。项目投产以来，每年为秘鲁GDP贡献保持在1.5个百分点，创造工作岗位8000余个，累计缴纳矿业资源税2.85亿美元，成为所在阿普里马克大区（矿山所在大区）乃至整个秘鲁经济发展的“最大引擎”。

邦巴斯的运营，同时也为中秘经贸合作注入强大动力。据统计，中秘贸易总额由2015年的170亿美元增加至2019年的237.6亿美元，其中邦巴斯贡献了约五分之一的增量。此外，项目的成功运行也进一步激励了中国企业对秘鲁投资环境的信心和热情，充分体现了邦巴斯作为“中秘产能合作”的旗舰项目，践行“一带一路”倡议的领军和示范作用。

钼选厂员工在进行常规安全巡检，落实生产安全细节

当然，海外运营向来不会一帆风顺，在此过程中，邦巴斯也遇到了各种挑战，如矿体资源赋存形态复杂、部分区域地质结构不稳定、物资及精矿运输线路长、社区问题复杂、2020年新冠肺炎疫情等。面对困难和挑战，

邦巴斯全力以赴，沉着应对，特别是面对突如其来的新冠疫情，矿山在上级公司的正确领导和现场团队的积极工作下，成为秘鲁唯一未停产、未在矿区出现确诊病例的大型矿山。

邦巴斯还依托集团公司重组后形成的全产业链竞争优势，按照集团公司"内部千亿市场"的整体战略布局，持续与集团内多家单位开展全方位、多层次的贸易、技术合作，加大中国产品采购力度，提升了矿山运营成效，形成了邦巴斯铜矿独具特色的产业竞争力。

放眼全球，世界级铜矿主要被国际矿业巨头垄断，市场定价权也多被这些行业寡头掌握。邦巴斯是仅有的几座由中国企业掌控的世界级铜矿，其使命之艰巨、责任之重大，不言而喻。一方面，邦巴斯按照集团公司战略指引，将自身资源优势与集团公司"全产业链"优势相结合，协同增效，实现了新的突破；另一方面，矿山一直努力与当地各利益攸关方进行沟通与协作，打造和谐的内外部环境，持续改善运营管理，不断挖潜，提升盈利能力，努力成为集团公司打造世界一流金属矿产企业集团的"顶梁柱"。

“在秘鲁，为秘鲁”：华为发起数字化人才培养项目

华为是中国通信产业领军企业，也代表了世界信息通信技术前沿水平，曾经为中国的数字化转型、数字经济的发展起到关键的助力作用。扎根秘鲁20年来，华为始终秉承“在秘鲁，为秘鲁”的理念。发起“数字化人才培养项目”，是华为履行企业社会责任的一部分，也是高科技企业推进技术转移的重要方式，旨在为秘鲁培养更多数字化人才，助力秘鲁国家数字化转型，发展数字经济，在第四次工业革命的浪潮中“弯道超车”。

数字化人才培养项目，通过当地政府、学校、企业的多方联动，通过ICT人才大赛、ICT学院、未来种子、就业招聘会、课程培训、技术宣讲等多种形式，为秘鲁培养学生、老师，捐赠实验室设备，提供就业机会。

华为的“未来种子计划”是数字化人才培养的一部分，也是华为技术有限公司全球社会责任旗舰项目，第一次在秘鲁发起的时间是2017年。在新冠疫情全球蔓延的情况下，华为逆势持续加大人才培养力度，从6所大学推荐的200多名学生中，筛

选出30名优秀学生代表参与“未来种子”在线培训活动，学习中国文化课程、信息技术课程、通信课程等，促进中秘两国在数字化转型、文化交流上的深度合作和发展。大学生参与该项目，可以加深对通信技术、信息技术以及数字化转型发展的理解，成为未来秘鲁数字化转型的发展栋梁，也可以架起中秘两国人才沟通的桥梁。

2017 年起，华为发起未来种子项目，每年资助 10 到 15 名秘鲁大学生赴华学习文化及科技知识

罢工：秘鲁社区问题是中资企业绕不过去的坎

在秘鲁，罢工可是一件司空见惯的事儿。据统计，2016年发生了199起秘鲁社区罢工，2018年发生了202起，而且罢工次数有逐年增加的趋势。翻开秘鲁报纸，如果哪一天没有罢工新闻，人们就会觉得这个世界很安静。

秘鲁工人为何经常罢工？秘鲁记者协会主席安杰尔·桑切斯告诉我说，在秘鲁，雇主不会为工人提供额外奖励或利益，工人只能靠自己争取权益。秘鲁历史上的多项劳工改革，正是通过罢工活动才得以实现的。罢工原本是工人与资方解决劳资纠纷、争取福利待遇的一种手段，但秘鲁的工人罢工逐渐变了味，甚至产生了一些恶果。

第一个恶果是，罢工拖慢了秘鲁经济发展的脚步。桑切斯说，罢工不会为政府或公司带来好处，罢工影响力越大，其对于市场经济的负面影响也越严重，甚至会直接作用于国家整体经济，使得外来投资者望而却步。秘鲁东方文化学者费尔南曾经说过，罢工是造成秘鲁经济缓慢发展的主要原因之一，如果工人经常罢工，不仅会减少经济竞争力，还会削弱国家吸引投资的能力。

第二个恶果：工会为了罢工而组织罢工，已经背离了罢工的最初意义。据了解，按照秘鲁法律，有25个以上员工的企业就可以组成工会，工会领导是企业一员，有自己的本职工作。为了让工会领导“专职”做工会工作，工会领导们的本职工作被交给工会成员，很多工会成员不得不加班加点地做着本不属于自己的工作，这样工会领导们仍然可以拿到企业的工资。

每当工会宣布罢工时，总有员工被迫参与，因为只要不参与，他们自己或家人就会遭受排挤，甚至会受到其他工会成员的恐吓或威胁。而且，工会领导想要有作为，也会为了罢工而罢工，在为劳工谋福利之余捞取政治资本。以首钢秘鲁铁矿为例，该公司目前有5个工会组织，已走出一批知名的工会组织领导人，有的甚至走上仕途，当上市长、国会议员，甚至是部长。

在首钢集团经营首钢秘铁的过程中，有一个非常经典的“自寻烦恼”的教训至今为人所熟知。起初，为了搞好与工会的关系，首钢邀请部分工会领导人到中国参观访问，“了解中国工人如何当家做主”，但首钢没想到，自己走了一个大弯路。访问达到了预期效果，代表团回到秘鲁后对中国之行不吝称赞，但随即提出了与中国员工享受同等福利待遇的要求，令首钢措手不及。在劳资矛盾最深的1996年，工会发动了长达42天的全面罢工。中方在劳资谈判中的每一次让步，都使得工人进一步支持其工会领导人。一些工会领导为了参与全国性政治活动，甚至大肆宣传其与中方的“斗争经验”。

时至今日，中企仍然走不出秘鲁工人罢工的“梦魇”，甚至还面临各种“变相罢工”。在秘鲁的中国石油拉美（秘鲁）公司就有过一次这样的经历。当时，由于秘鲁遭受了20多年不遇的暴雨，位于秘鲁西北部滨海沙漠区的塔拉拉油田的中石油油井被淹，油田道路被摧毁。除此之外，油田周围大部分秘鲁市民的房屋也被水淹，地方政府没有能力顾及灾民，市民就采取堵路的手段，强迫中国的企业帮他们解决家里积水问题。最后，中石油一边抢修油井，一边还要分出设备，帮助当地居民疏通排水。这种社区纠纷式的“变相罢工”，中国铝业、中国五矿等企业都遭遇过。

连续数年的教训使得在秘鲁的中国企业苦想应对之策。首钢秘铁高层多年来认真研究秘鲁相关法规，聘请专业法律顾问，逐步学会依照既定程序来应对罢工。时任首钢秘铁总经理孔爱民曾对我说过：“中企要在秘鲁发展，必须适应这里的政治社会和法律环境。罢工是工会的权利，但是罢工也必须依法。你依法而行，我也依法而行。当然，我们需要做的工作是，尽可能缩短罢工的程序，避免罢工对企业生产造成更大伤害。”

在秘鲁，罢工并不是随随便便的事情，需要经过政府部门批准，要符合一系列条件，特别是在劳资双方对话协调无效的情况下，才能采取罢工这种“最后的手段”。桑切斯告诉我说，在秘鲁，至少需要提前5个工作日才能提交罢工申请，要通知资方以及劳工部门；公共服务行业需要提前10天申请。当然，桑切斯也表示，在罢工前，劳资双方也有多种解决方式，比如：司法解决（即通过法官判决）；行政手段（通过公共调解员来解决）；第三方解决方式，包括和解、调解和仲裁解决等。

一位熟悉秘鲁社会的华人告诉我，中企这么多年在秘鲁罢工问题上一再栽跟头，很大一部分原因在于中企没摸清秘鲁人的“脾气”。中企在秘鲁喜欢打“友情牌”和“亲情牌”，过年过节，会给秘鲁员工送很多贵重礼品，甚至会请他们吃饭喝酒，想借此拉近和秘鲁人的感情。但是，包括秘鲁人在内的所有拉美人都有“爱讲条件”的特点，在经济利益上“亲兄弟，明算账”，只要是涉及钱的问题都没什么情面可讲。因此，很多中企面对秘鲁员工突然翻脸的情况，常常会觉得“心灰意冷”。

对此，在秘鲁工作多年的一位中资企业负责人说，过去中企一般都重视风险，却忽略了社区问题，认为只要与政府处好了关系、签了协议就可以高枕无忧，因此在社区沟通、社区管理方面投入的人力、物力、财力就少了很多，导致出现一系列的问题。

近些年，随着中企来秘鲁投资增多，人们也积累了一些处理社区问题的经验。他认为，社区问题一定要靠平等交流的方式来解决，对话方式应是诚恳的、坦率的、亲和的，不宜仅通过冰冷的文字传递。企业上下应当坚持行为准则，杜绝贿赂，加强双向沟通，针对对方提出的意见、质疑与建议，应做出及时回应。

企业宜采取多种方式、方法充分表达、认真倾听、积极回应，还要入乡随俗，注重使用本土语言，同时注意专业术语的本地表达和通俗解释。在沟通中，需要善用本地渠道，如借助当地的节日庆典、宗教聚会、族人聚会等机会，避免生硬套用以自我为主的“利益相关方沟通大会”等形式。要尊重本土习俗，注意民族、宗教等忌讳，与此同时要坐言起行。总之，企业的行动贵在持之以恒，与社区的沟通也要有足够耐心，要始终表现出坦诚与言行一致。

第四章

别样风情：

不得不说的

秘鲁趣俗

夏天的圣诞节

南美洲的大部分国家都信奉天主教，人们相当重视圣诞节，认为圣诞节是一家人团聚的节日，就好像中国人的春节一样。公司在圣诞节前也会宴请员工，感谢他们一年的辛苦工作。

在人们的印象中，圣诞节是白雪皑皑的季节，是圣诞老人穿着红袄红裤、戴着红帽子的季节。可是在北半球进入寒冬时，南半球的秘鲁正处在夏季，当地的圣诞老人仍然穿着红袄红裤，很是辛苦。幸好秘鲁首都利马夏天的平均气温是25摄氏度左右，还没那么热。

在利马，高大的圣诞树早早就竖立在街心，家家户户的门窗都被彩灯和花环装点起来，一些地方还搭起草棚，模仿耶稣诞生在马厩的场景，只是马厩中的小耶稣要在圣诞节当天才能摆出来。无论是批发市场，还是高档商业中心，都循环播放圣诞歌曲，时刻提醒顾客圣诞节快到了。报纸上打折的商品广告随处可见。

在秘鲁，人们一般都会在过圣诞节时选择三样礼物送给亲

秘鲁首都利马的夏天

朋好友：大号的果料面包、一瓶香槟酒和一只火鸡，除此之外还可以再加上一些巧克力。圣诞节是大人们的节日，更是孩子们期待礼物的时刻，过节时家人朋友之间互赠礼物是非常重要的一个环节，所以商家们都会抓住时机，拼命推销。

最热闹的是市中心的批发市场，这里绝大部分的圣诞产品都来自中国。因为批发市场的东西便宜，款式多，所以圣诞节前大家都来此处采购圣诞礼品，人头攒动，熙熙攘攘。圣诞树、圣诞灯年年销售火爆。一位来自中国的圣诞树厂商说，每年圣诞节前的三四个月最忙，儿童玩具、滑板、自行车是家长们给孩子们采购礼品的重要选择。每年的12月正赶上秘鲁发双薪，这又给圣诞节前夕的市场添了一把火，人们强烈的购买欲在12月大爆发。

古老的打架节

在秘鲁的安第斯高原地区有几个相对闭塞的小城镇，住在那里的人们每逢年末仍会过一个古老的节日——打架节。当地百姓通过打架来解决一年的积怨、纷争，化解矛盾。

打架节是殖民时期宗教色彩和安第斯本土文化的混合物，传说有几百年的历史，寓意驱除病魔和瘟疫，带来平静生活。打架很暴力、很愚昧，但是当地的男女老少都对这一传统习俗非常认同。这种简单、粗鲁的解决问题的方式，是化解社区内各种民事纠纷的一个行之有效的方法，甚至在某种程度上替代了当地的行政司法。

打架节前几天，整个小镇都沉浸在狂欢中。人们沿着小镇的街道唱歌、跳舞、饮酒，尽情狂欢。所有人都备上全套的服装道具，比如皮衣、高筒皮靴，再戴上用羊头或鹰头等动物标本做成的头饰和五颜六色的面罩。据说，从前在一年一度的打架节上，人们是可以揍老板或者地主的，为了不让主人认出，所有人都会戴上面罩来隐藏自己的真实身份。有的人甚至会提前约好与自己有过矛盾的对手，在“打架节”这个日子一决胜负。

打架节是每年年末的12月25日。人们为什么选择在这一天过打架节呢？当地人是这样解释的：这天是耶稣诞生、天下平和的日子，整个小镇的居民都聚集到大广场上，用拳头摆平一年来积攒的所有怨恨和纠纷，从此握手言和、和睦相处，把一年的烦恼都留下，迎接新一年的到来。人们参与打架节争斗，一是为了捍卫自己的权利，二是为了证明自己的勇气和力量。现在这个节日风俗还在继续发展，就连妇女和儿童也参与到这个“打架节”中来了。

用打架解决问题的方法虽然很简单，但是解决的矛盾却千奇百怪，有家庭内部、邻里之间的纠纷，有为爱情争风吃醋的、侵占土地的、家禽被偷的事件等，一切民事纠纷都在这一刻搞定。输者服输，绝无二话，过去的事就一笔勾销。打架的双方都不背包袱，轻轻松松、高高兴兴进入新的一年。

打架节的规定是男人跟男人打，女人跟女人打，孩子跟孩子打，不允许群殴，只能一对一打。为了公平起见，竞争双方的身材、体格不能相差太大。有裁判手持长鞭维持秩序，当选手打急眼的时候，这个鞭子就发挥作用了。

打斗场上明确规定，只准用手和腿击打对方，不准从背后攻击，不准咬人，不准揪头发，更不能使用任何工具，在对方倒地时停止攻击，打斗时间限制为三分钟，结束后无论输赢，双方要相互拥抱。

据当地媒体报道，这种通过打架解决问题的方式之所以还保留在安第斯的部分地区，是因为当地缺乏警力和司法人员。再说了，打官司不仅损失时间和金钱，判决是否公平也是问题。当地人更认可用打架这种简单的方式来解决问题，三分钟就可以得出答案，免去了复杂的程序。

如今，秘鲁妇女部已经开始质疑打架节的暴力行为，特别是在这项活动也有儿童参与的情况下。政府部门表示，国家尊重部分地域的文化习俗，但是儿童参与暴力活动，会给他们的心理健康造成很大影响，这对儿童是一种伤害。政府要求制止儿童参与打架节，还计划要求国会出台一项法律，以保障儿童的权益。

过新年：穿黄衣，烧纸偶

新年正是南美进入夏季的开始，一到年根儿，利马市中心的批发市场就变成了黄色的海洋，一眼望去全是黄色的帽子、黄色的短裤、黄色的眼镜、黄色的花环——秘鲁人说黄色是他们的幸运色，也是太阳的颜色，所以黄色会带来好的运气。

秘鲁女孩与太阳

从商店到街边小贩，大都在年底这几天卖黄短裤，因为每年这个时候买黄短裤的人最多，连家里的小宠物都黄衣加身，十分逗人喜爱。秘鲁人认为，穿着黄短裤进入新的一年，在新的一年里将会万事如意，甭管你信还是不信，先穿上图个吉利吧。

除了穿黄短裤以外，彻夜喝酒、跳舞也是秘鲁人过新年时的特色活动。还有一个很有特色的活动，叫作烧纸偶：在这一年里你对谁有怨气，就把谁做成纸偶，用棍棒把他打烂后烧掉，消除内心的怨恨，把不痛快的事留在旧年，开开心心走进新年。

在秘鲁市场上，可以订制纸偶，也可以买现成的。纸偶人物有总统、贪官、演员等公众人物，价格在10美元左右。小贩透露，纸偶年年做，人物年年变，利润虽然不高，但销量很大，人们烧纸偶的兴致很高。

一位朋友介绍说，秘鲁人还有一个很有意思的习惯，拎着手提箱沿着家附近的街道走一遭，以期盼来年旅行顺利。可能是因为过去交通不便，所以留下了这样的习俗，现在交通这么发达，不知还有多少人坚守着这一习惯。

秘鲁人眼中的新年吉物是葡萄。每到年底葡萄最热销，价格随行就市。其原因是秘鲁人新年有个吃葡萄许愿的习俗。在新年钟声敲响之前，要吃下12粒葡萄许下你的愿望，在新的一年里会心想事成。不知这是舶来的习惯还是传统的风俗，从来没有人去追问这种许愿方式的出处。年复一年，秘鲁人总要买一些葡萄给家人和朋友备着，让大家新的一年里梦想成真。

我在秘鲁朋友家过新年的时候，大家一边喝香槟，一边吃葡萄。新年钟声敲响时，屋外火树银花，屋内是温暖的拥抱和问候，温馨无比，令人十分感动。

周一吃豆求好运

有一次我在一家普通的秘鲁餐馆用餐，随意点了一盘本地套餐“豆子配米饭”。这天恰好是星期一，旁边一位热情的食客告诉我，在秘鲁有个传统习俗，人们常常会在周一吃这种叫作“lentejas”的扁豆，认为这可以给自己带来财富和好运。我对这个习俗很感兴趣，想了解它的由来，但不管是询问朋友还是上网查询，都找不到一个准确的答案。也许秘鲁和中国人一样，有借物寓意、借音寓意的传统，好比中国人吃鱼祈求年年有余、吃生菜祈求生财等，只是为了讨个好彩头，没有人会去深究它的出处。

秘鲁朋友还告诉我，每到新年，当地人都会在钱包里放上几粒这种扁扁的灰色豆子，据说这样也可以带来财富，带来好运。

这种小小、扁扁的豆子，有丰富的营养，可以补充人体所需能量。据医学研究所专家分析，豆子中含有丰富的铁和锌元素，对于素食者来说，这种豆子是铁元素的重要来源。它还富含维生素B_1和B_2、B_3、B_6、B_9，可以防止贫血，提高神经系统和免疫系统功能，稳定孕期血糖水平，降低胆固醇，预防肾结石。由于吃这种扁豆子好处多多，健康专家建议人们每周最好吃3次，这样身体会更健康。

在秘鲁，人们烹饪这种豆子的方式也有很多，居然有100多种，不过最普遍的烹饪方式是煮。一碟豆子配上一块鸡肉和白米饭，再佐以洋葱，既营养又美味；或者搭配猪肉、火腿，还有搭配西红柿和各种蔬菜的；有做成糊状的，也有做成汤的。

第五章

真性情：不一样的秘鲁人

秘鲁人生性乐观，对待生活的态度也很积极阳光，足球、啤酒、音乐、跳舞、海洋……这些都是秘鲁人生活中不可或缺的组成部分。秘鲁人也很注重外表和衣着，无论是出门还是会友，只要是出席重要场合，一定会好好打扮自己。秘鲁人还善于表达，总把溢美之词挂在嘴边，从不吝啬自己的夸赞。

总是追着太阳跑

在秘鲁生活多年，我发现只要一到夏天，秘鲁人就直奔海边晒太阳。天然的地理位置，从南到北漫长的海岸线，每个人都能找到自己喜爱的海滩。一位秘鲁朋友对我说过，他在首都利马附近的海滩开了家小餐馆，夏季在海滩上卖3个月啤酒的收入比在利马开半年餐馆的收入还高，可见海滩在夏季的人气有多旺。到了冬季，利马的天空常常布满厚厚的云层，把阳光遮得严严实实，天总是阴沉沉的，时不时还下点雨，这时人们对阳光的渴望就更加迫切。他们每到周末就会开车到山脚下的城镇，因为那里有充足的阳光。

秘鲁人不仅喜欢追着太阳跑，还把太阳奉为神灵。历史上的印加帝国曾把秘鲁的库斯科省作为政治、军事和文化中心，并且创造了灿烂的印加文明，而“印加”的含义就是“太阳的子孙”。印加人崇拜太阳，年年都举行祭祀太阳的活动，这个习俗也在一定程度上保留了下来。现在的秘鲁把每年的6月24日定为太阳节，人们会在库斯科城举行隆重的仪式祭拜太阳神，吸引众多外国游客前去观光。

秘鲁人对太阳的爱已经融入到生活的方方面面。秘鲁是用“太阳”做国家货币单位的，过去的货币单位是“inti”，即“太阳神”。后来因通货膨胀，货币单位变成了现在的“新索尔”，也就是“新太阳”（Nuevo Sol）的意思。

秘鲁人对太阳的爱颇有“爱屋及乌”的风范，他们不仅喜爱太阳，还喜欢太阳的颜色——黄色。他们认为黄色是吉祥的颜色，每到新年到来之际，秘鲁人都会穿上黄色内裤，祈求得到好运。在跨年夜上，秘鲁人还会戴着黄帽子、黄花环迎接新的一年。除此之外，秘鲁人还把自己对太阳的爱延伸到了向日葵的身上，甚至把向日葵定为国花。据说秘鲁还是向日葵的故乡。

秘鲁人很少互相攀比，非常安于现状。普通百姓对生活的要求并不高，他们生性开朗，只要有了足球、啤酒、音乐，就能快乐一整天。难怪在世界幸福指数排行榜中，秘鲁总是位于比较靠前的位置，这也许与秘鲁人的阳光心态有很大关系。

利马街头，热情而快乐的秘鲁人

喜欢打扮头和脚

在秘鲁街头，如果你稍加留意的话，就不难发现许多男士会随手从兜里掏出一把小梳子，梳理一下零乱的头发。在看电

疫情期间，爱美的秘鲁姑娘们在口罩上做了装饰，搭配上鲜艳的衣裳鞋帽，甚是有趣

视新闻的时候，有时也会看到政府官员在会议间隙拿出小梳子，打理自己的发型。在建筑工地上也是一样的，工人们在结束了一整天的繁重工作后，会换上一身干净衣服，用水把头发打湿，认真整理一下仪容再精神抖擞地回家。我在秘鲁生活了这么多年，可以确定这并不是个别现象，从政府官员、工人、厨师到街边小商贩，真可谓爱美之心人皆有之。

有次我与秘鲁朋友费尔南先生一起聊天，刚谈到秘鲁人随身带梳了的习惯，没剩几根头发的费尔南先生就立刻从兜里掏出一把小梳子，使我大吃一惊。我问他："你都没有头发了，为什么还要随身带着小梳子？"费尔南风趣地说，这是他从小养成的习惯。他每次去朋友家里做客的时候，总会在进门前自然而然地梳一下头发、整整衣服，觉得这是对朋友的尊重。

还有一位秘鲁朋友告诉我说，洗过的衬衣一定要熨烫，这样才体面。仔细观察行走在大街上的秘鲁人，他们身上的衬衫无论新旧，都衣领平整，衣袖线条笔直。对大部分秘鲁家庭而言，烫衣板都是必备的工具。

秘鲁人不仅习惯把头发打理得一丝不乱，而且会注意保持鞋子的清洁，因此在秘鲁随处可见擦鞋摊、擦鞋匠。擦鞋是件非常方便快捷的事情，排队、工作间歇甚至等公交车的时候，你随时都可以召唤背着鞋箱走街串巷的擦鞋匠，让他们帮你把皮鞋清理干净。擦鞋的价格很公道，固定擦鞋摊的老板一般要价3索尔（约6元人民币），流动擦鞋匠的要价大概是0.5索尔。如果你的鞋子是特殊质地的，价钱会稍微贵一些。

秘鲁擦鞋匠的技术堪称一绝。擦鞋的步骤包括去尘、打油、上蜡，最后还要为皮鞋抛光。一块潮湿的丝绸布在上过蜡的鞋面上快速摩擦，鞋匠一边擦鞋，一边用手把擦鞋布抻得啪啪作响。固定擦鞋摊的工序比较繁琐，耗费的时间也比较长，为了不让客人烦闷，鞋摊老板都会准备一份当天的报纸供顾客翻阅。有时候，擦鞋匠还会与客人聊天，夸赞客人的皮鞋。经过擦洗，一双满是灰尘的鞋子仿佛焕发了青春。秘鲁人穿上擦得锃光瓦亮的皮鞋，走起路来都是神清气爽的。

秘鲁人关注仪容仪表的习惯由来已久，有人说它来源于西班牙殖民时期。当时的西班牙统治了秘鲁300多年，秘鲁人渐渐接受了统治者带来的部分文化习俗。当然，这个说法的真实性已经无法考证，就连秘鲁人自己也说不清了。

说出的话比蜜甜

初到秘鲁时，我总是被秘鲁人热情洋溢的表达方式所感动，后来才慢慢品味到，这其实是秘鲁人甚至拉美人的一种客套方式。拉美人性格外向，善于表露，总把赞美之词挂在嘴边，让人听了以后心里暖洋洋的。

有一次，秘鲁朋友请我到家里做客，刚一落座，主人就开口说："我的家就是你的家！"这句话好像一阵扑面而来的暖风，让我的心里既感动又踏实：作为一个异乡客，我还未熟悉环境，居然就遇上了这么热情好客的秘鲁人！等到我们一行人离开后，在秘鲁生活多年的朋友对我说："他说的都是客套话，你也别太当真。"时间久了，我认识的秘鲁朋友越来越多，相互走动的机会也多了起来，我才发现只要你是第一次去秘鲁朋友的家里做客，他们都会很亲切地对你说："我的家就是你的家！"这句话跟中国人说的"别客气""别见外"是一个意思。

在生活当中，经常可以在公共场合听到夫妻二人互称"amor"（意为亲爱的、心肝宝贝）。人们如果在餐厅称呼女服务员为“amor”，也不会招来白眼。在工作场合中，人们常用“靓女”“公主”“宝贝”“亲爱的”等词语与女同事打招呼，被这样称呼的女性不会有丝毫反感，甚至非常乐意接受这些爱称。在对男性的称呼上，年纪稍长些的人会亲昵地叫年轻人“儿子”，年龄相仿的二人则互称“哥儿们”“靓仔”等，一下子就拉近了两人之间的关系，让人听着心里很舒服。

有人说，这可能与西班牙语的表达方式有关，也有人说这就是一种风俗习惯。拉美人见面时，男人们会相互拥抱，男人与女人、女人与女人会行贴面礼。热情而亲密的肢体动作当然要配上丰富生动的语言表达才够味。

秘鲁人不仅热情，而且嘴甜，很会夸赞他人。我的太太在一所秘中学校里教中文，经常在教学时遇到一些令人哭笑不得的事情。有个学生上中文课时调皮捣蛋，干扰其他同学学习，气得她课后单独留下了这个学生。她本想狠狠地发一通火，但是这个学生一看到她难看的脸色，就说：“老师，你今天穿得真漂亮，你的发型真好看。老师我知道错了。”听到这一连串恭维的话后，老师心头的火气一下子就消了一半。

秘鲁人经常把“你能行”挂在嘴边，最常见的例子就是足球大赛之前电视台的随机采访。每当秘鲁队即将与其他队比赛时，记者都会问路人：“你认为秘鲁队会赢吗？最后的比分会是多少？”大多数秘鲁人的答案都是肯定的：秘鲁队会赢，比分也许是3:0。等比赛结束后，即使结果是相反的，秘鲁人也不会在意此前夸下的海口。

秘鲁家长们也经常用夸奖的方式教育孩子。不管孩子的学习成绩如何，秘鲁家长总会对孩子说：“孩子，你已经努力了。”这种教育方式的好坏虽然没有定论，但是一句“你能行”可能会大幅增强孩子的自信心。对此我有非常深刻的体会。我儿子刚到秘鲁的时候，很害怕各种各样的体育项目，但老师总会用一句“你能行”来鼓励他，给予他勇气。在不断的夸赞与鼓励下，我儿子只用了一周时间就学会了游泳，从小学开始打篮球的他还加入了学校篮球队。

如果请秘鲁朋友吃饭，他们会不停地说“太棒了”“非常好吃”，就算他们吃的只是普普通通的便餐，也会对着菜肴不住口地称赞。一开始我觉得这有些过于夸张了，不过时间长了以后，也就适应并接受了这种习俗。有趣的是，这种称赞有时也会给人们带来麻烦。有一次，一位开中餐馆的朋友请了几个秘鲁朋友试餐，想让他们多提些意见，找出菜品的不足之处。餐馆老板本来是想通过人们的评价来改进菜式，让各色菜品更加符合当地人的口味，但这个好想法却根本得不到实现：好评和夸奖声一片，没有人指出菜品的不足之处，搞得老板哭笑不得。

第六章

打卡之地：奇幻神秘的“南美明珠”

秘鲁有一个美丽的称号，叫作“南美明珠”。这里有工艺精湛的石头城、雄伟原始的马丘比丘、古老神秘的纳斯卡地画……值得游人们前来“打卡”。

印加石头城库斯科

库斯科是印加帝国的首都，位于秘鲁东南部安第斯山脉的一座高山上。“库斯科”在印加语中是“世界中心”“大地之脐”之意。它始建于公元11世纪到12世纪前后，1983年被联合国教科文组织列入人类文化遗产。

在库斯科街道上，古老的印加巨石建筑和围墙是古城的亮点，工艺精湛到令人叫绝。无论是宫廷建筑，还是宗教建筑，都把石材加工发挥到极致：在建筑用石动辄重达几百吨的情况下，有的石头被凿成多棱多角的形状，有的被打磨得非常平滑；不使用任何黏合剂，但石头相互之间连接紧密、严丝合缝，连一张纸都插不进。这些都展现了古印加人的精密计算能力以及切割、打磨、堆砌、装嵌、互扣等高超技艺。

印加的巨石建筑留下了许多未解谜团，这是因为印加人没有文字，靠的是结绳记事，后来相关文物又被西班牙入侵者销

库斯科城的夜景

Mama Africa

毁殆尽，无法进行十分行之有效的考证。不过，考古专家们仍然努力地做了研究和推测。

石头是怎样开凿出来的呢？在库斯科游览时，导游把一小块石头放到我手上，我顿时感受到了这个小石块的重量。导游说，虽然古印加人并未掌握炼铁技术，但是我手上的这种石头有高达60%的含铁量，硬度很高。安第斯山脉有大量的铁矿石，当年印加人就是用它来凿石的。

当时印加人的工具落后，没有发明铁器和轱辘，这些巨大的石材是如何运输的？考古学家推测，印加人在搭建建筑前会先做一个模型，然后找出巨大的石块，并沿着石块上有缺陷的一边钻孔，利用圆木或者木头脚手

库斯科武器广场

架把一块块巨石运送到工地。这个过程需要成百上千人一起发力。另外，人们还用建土坡的方法把石头拉到高处，一般会把最大的石头放在底部。

如何把几百吨的巨石变成精美的建筑材料？印加人用石球重击形状不规则的石头，使它们变得比较规则，还要用坚硬的石块把石头的表面打磨光滑。只有熟练的匠人才能敲凿出矩形石块，它们通常被放置在建筑中最重要的地方。

库斯科宗教艺术博物馆的外墙上，有一块巨大的12角石，这块石头不是天然形成的，而是人工敲凿出来的，与其他石头完美地砌在一起。这块石头有2米见方，重达6吨，它不仅是整个建筑的承重部分，还具有深刻的寓意：当年库斯科城分为两个部分，上下两部分共有12个家族，这块石头正好位于城的中线，石头的12个角是每个家族权力的象征。

在许多古印加的著名建筑中，都可以寻觅到这种工艺精湛的多角石。秘鲁考古工作者在印加古道上发现了46角石，在马丘比丘找到了32角石，还发现过17角石。库斯科这块12角石是最具代表性的一块。

巨石城堡与马丘比丘的太阳神庙

距印加文明的中心库斯科城2公里处有一座萨克塞曼城堡，从这里可以俯瞰整个库斯科城。修建这座城堡用时约70年，经历了3个印加王朝。据考古学者估计，前后大概动用了两三万名工人。其中，约4000人负责在采石场切割大型石块，最大石块高约5米，总共用了30多万块巨石；约6000人负责用滚木将石块拖到施工场地，每个石块的重量在100到300吨之间，城堡与采石场之间相距约20公里。

城堡外围有3道平行的巨石墙。工匠们利用巨石的自身特点，使不同形状的石块相互咬合，整个墙体略向内倾斜。石材的尺寸和形状的契合精确度之高、建造难度之大可以想见，称得上是印加巨石建筑的一大杰作。

无独有偶，在距离库斯科120公里的地方，有被誉为世界七大奇迹之一的马丘比丘古城。人们把马丘比丘称作印加王的“避暑山庄”。因当年西班牙人入侵库斯科，这个建在山尖上的印加王的“私密属地”随即被遗弃，渐渐不为人所知，直到1911

年才被美国探险家发现。灌木的覆盖使这座印加古城幸免于难，可以让后人看到当时建筑设计的原始风貌。

马丘比丘不仅是一座“空中之城”，更是真正意义上的石头城。城中有140座石头建筑，包括庙宇、避难所、居住区，每

马丘比丘古城的远景。两只羊驼给这个画面增添了几分生动与鲜活

一处石屋、阶梯、道路、石门都由巨大的石块堆砌而成，天衣无缝。

马丘比丘最著名的建筑是太阳神庙。这是一座半圆形建筑，构造精巧独特，地理位置得天独厚，它最大的特点是能够完

马丘比丘古城的近景。鳞次栉比的城墙组成了一座“迷宫”

迷雾中的马丘比丘古城

石块的契合度相当高，令人惊叹

随处可见严丝合缝的围墙

美地记录太阳运行的轨迹。太阳神庙中间有一大块花岗岩石，每天，阳光投射在岩石的刻度盘上，显示出一天当中的不同时间；而每年到了南半球冬至的那一天时，太阳会通过建筑上的小窗口，直射到花岗岩石的正中心。印加的能工巧匠们利用这块巨型花岗岩的自然形状，巧妙地建起这座特殊的太阳神庙，使它成为天文学和建筑学完美结合的杰作。

纳斯卡地画藏着2000年的谜

纳斯卡地画又称纳斯卡线条，分布在500平方公里的荒漠沙地上。根据其特征，学者认为该地画形成于帕拉卡斯文化晚期，距今有2000多年的历史。

纳斯卡地画可谓是存在了数十年的未解之谜，绵延几公里的线条，构成各种生动的图案：有50米长的蜘蛛，有光是翅膀就有120米的巨大秃鹰，有180米长的蜥蜴，有70米长的鳄鱼，还有100多米长的猴子。除此之外，还有大树、仙人掌等植物线条图，以及三角形、长方形、梯形、螺旋形等多种复杂几何图形。只有从高空俯视，才能看清这些大大小小、形状各异的完整图形。

从高空俯瞰，纳斯卡地画最长的线条有14.5千米，而地画线条所经过的沟壑、山坡就像是一条条笔直的装饰线。

纳斯卡地画最早是在1926年被秘鲁考古学家发现的，但是当时受到条件限制，这些根本无法从平面上识别的图案并没有受到人们的重视。1939年美国考古学家保罗·科索克乘飞机探

纳斯卡地画，猴子的形象被刻画得非常传神

纳斯卡地画，描绘了一只展翅飞翔的大鸟

究秘鲁古代引水系统时，在纳斯卡上空发现了这一奇观。由于自然的侵蚀，有些地画面临消失的危险，因此，秘鲁考古学家和技术人员一直在进行抢救地画的工作，有时候还会在抢救的过程中发现新地画。

纳斯卡地画的惊人之处，在于它所表现的图案大都是巨作。人们要想制作地画线条，需要把地面上的黑碎石块拨开，挖出深20厘米左右的沟，露出下面的浅色土壤，线条就形成了，与黑色的大地有着鲜明的反差。当地气候干燥、少雨、日照多，地理环境特殊，因而地画的大部分图形都得以留存，且在千年过后风采依旧。

我第一次看到纳斯卡地画是在瞭望台上，不过，要想找到最佳的观赏视角，就必须乘坐小型飞机。从高空俯视，你立刻就会被这些用简洁线条描绘出来的各种动物、植物和几何图形折服。只是简简单单的几根线条，却将各种形象表达得淋漓尽致，不禁让人有了诸多遐想和疑问：这是画家的一种技法吗？这些画是谁制作的？作用是什么？这些问题至今仍是世界未解之谜。有人说这是使用轴线画法（将绳子系在棍子上，以棍子为中心绘制图案）创作出来的，也有人说它是外星人的作品。考古学家也提出了诸多假设：找水源的标记，祭祀用的图案，天象图，外星人的跑道……不一而足。

纳斯卡地画还与一位德国女性有着密不可分的关系，她叫玛丽亚·莱西，人们尊称她为 “沙漠之女”和“纳斯卡之女”。她把自己的数学知识运用到测量、考察、研究地画中，把自己的简陋住宅当作绘图、测量、研究、著书的研究室。她对纳斯卡地画的酷爱达到痴狂的程度，费尽一生精力致力于研究、保护和传播纳斯卡地画。她还多次呼吁秘鲁政府对地画加强保护，避免它被人为破坏。长久以来，纳斯卡地画已经成为她的生命，她说：“我永远不可能解开荒原上所有的谜，而这正是这个古老谜题的真谛所在。”

与世无争的的的喀喀湖浮岛

秘鲁和玻利维亚的交界处有一个美丽的高原湖泊——的的喀喀湖，海拔有3800多米，面积约8300平方公里，是南美洲海拔最高、面积最大的淡水湖。当地居民一直保留着古老的印第安文化传统。传说大约公元1200年的时候，当地的乌洛丝部落族人为了躲避印加人的征服和屠杀，用芦苇搭建起浮岛远离陆地，以捕食鱼类和鸟类为生，过起了与世无争的生活，形成了独特的生活习俗。这里的房子、家具、船等生产、生活用品都是用芦苇做的，人们甚至以芦苇为食，以芦苇为药。因为芦苇容易腐烂，维护浮岛、加固房子、编织芦苇船成为岛上居民的主要活动。

在的的喀喀湖普诺湾内有40多座芦苇浮岛，人们用尼龙绳和木桩把许多块芦苇垫子固定好，再把木桩插到湖底的淤泥里。芦苇一层层往上垒到2米多高，人们能看到的只有水面上的40厘米。最初浮岛有防御功能，很多岛上都建有瞭望塔，人们在发现敌情后可以迅速做出反应。如果想要躲避敌人、移动芦苇浮岛，那么只需要拔出木桩就可以。芦苇在水中浸得久了就会腐烂，岛上的人们每过半个月就要将新晒干的芦苇堆叠铺放在岛的表层，维持整座岛深入水下两米。一座浮岛的寿命大约能维持一年多，之后需要重新建岛。

岛的数量是不断变化的。岛上的居民可以把两个岛连起来，也可以在邻里之间发生纠纷时把岛分开。居民们也会不断地移动岛屿，选择不同的建岛位置。当选择靠近岸边的位置时，人

划着小船的当地儿童。远处就是连成片的芦苇浮岛

们会尽量避免浅水区，因为在浅水区，芦苇浮岛的底部容易卡到湖床上。

据统计，浮岛上共生活着1300多人，他们自称是湖的儿女和主人，拥有“黑色血液”，能抗寒。在浮岛上的长期生活，使他们对疾病有天生的抵抗力。岛上还建有学校、邮局和医疗点，那里的医生和护士们能够治疗一些不太严重的疾病，但如果病情严重的话，还是需要去普诺市的大医院就诊。6岁到11岁的孩子可以在岛上上学，过了这个年纪的孩子就需要到普诺市上初中。

俗话说，“衣食住行”是人类的基本需要。在“衣”的方面，岛民们一般会穿好多层衣服，以此抵御寒冷、大风和强烈的日晒。人们的衣服大多是羊毛材质，而且这些服饰是很能说明问题的，比如，男人戴的帽子的颜色反映他的婚姻状况，戴红白相间的帽子意味着单身，戴红蓝相间的帽子意味着订婚，全红则意味着已经结婚。

关于“食”，当地人主要以鱼和鸟类为食，鸭子和鸭蛋也是日常必需的食材。除此之外，他们还会在岛上建造浮动花园，种出水果和蔬菜。有的时候湖水水位下降，他们就会在腐烂的芦苇上种土豆。当没有任何肉食补充的时候，他们也会靠吃岛上的芦苇芯来维持生存。值得一提的是，他们很注意保持生态平衡，要等芦苇的根长到10厘米以上才会割下芦苇茎，确保芦苇能够继续生长。除此之外，他们也不会过度捕食鱼类、鸟类。

岛上居民的饮用水直接来自湖里，为了防止污染水源，他们如厕的地点与浮岛相距很远，上厕所需要半个小时的船程。他们通常把大便放在太阳底下晒干，然后烧掉，这样就不会污染湖水。

在“住”的方面，每个岛上大概有6所房子，大都是用芦苇建起来的，可以供一大家子人居住。岛民一般住在屋子的正房，居住面积很小，陈设也比较简陋，家具一般就是一张床。不过，现在的浮岛上已经安装了太阳能设备，有了电和热水，还能够用手机通话，所以人们一般也会买台小小的电视机放在房间里。芦苇屋的偏房一般被用作厨房，每逢雨季，为了避免火苗被大雨浇灭，厨房就会派上用场。因为岛上的居民一般把木头和芦苇当作燃料，居住环境中又多是易燃物，所以人们还会用湿芦苇和石头围住灶台，来降低着火的可能性。子女在结婚之前会一直与父母同住一屋，而当子女成婚，组成一个新的家庭时，父母就会把家里的浮岛割出一半来，分给自己的儿女，让他们能够独立生活。

最后说到“行”，芦苇编的豹头船是当地居民主要的交通工具。5个人编一艘大船需要花3至4周的时间，而船通常只有几个月的寿命。于是人们用大的塑料袋把废弃的塑料瓶子装起来，然后在塑料袋上面铺芦苇，再用尼龙绳把这些材料绑起来。这样做出来的船就会更加耐用，能坚持好几年的时间。

在很早的时候，岛民不能与外族通婚，只能与本民族的人结婚。随着西班牙人的到来，天主教开始传入浮岛，开始信奉天

的的喀喀湖上的芦苇船

主教的岛民渐渐改变了自己的观念。比如，过去的水葬已被改为陆葬；有些岛民会与外族通婚，不再回到浮岛生活；还有一部分浮岛居民将自己的家搬迁到陆地。不过，虽然世事变迁，但是很多岛民依然留恋世代居住的家园，享受着世外桃源般的浮岛生活。

安第斯高山间的万卡约风情

2012年，我曾经坐上旅游列车，从首都利马去往中部胡宁省的首府万卡约。这种旅游列车，是当时的秘鲁政府为开发中部旅游资源而特制的全封闭空调列车，它的最后一节是观光车厢，内设有小酒吧，游客可在这里一边痛饮美酒，一边欣赏风光。列车行进路线总长329.8公里，从沿海低地蜿蜒攀升到海拔4800多米的蒂克利奥雪山。

这是一次难忘的秘鲁中部之旅，火车穿行在安第斯高山间，使游客能够尽情饱览秘鲁中部高原的风情：飞瀑在山涧奔流，高原湖泊犹如镶嵌在高山上的珍珠，远处山顶白雪皑皑，眼前路旁绿草茵茵……

经过10多个小时的路途颠簸，列车在当天深夜到达了终点——万卡约车站。当列车缓缓驶进车站时，站台上的乐队奏起了欢快的乐曲，一对对男女跳着奔放的舞蹈，用最热情的方式欢迎客人。

万卡约是秘鲁中部最大的城市。在市中心的主街道上，人

秘鲁高原风情

流熙熙攘攘，道路两旁有林林总总的店铺和餐馆。大部分的餐馆都主打鸡汤面和烤鸡，价格便宜公道。

这里的中餐馆不多。一家名为“中心”的中餐馆看上去属于中档水平，大大的霓虹灯广告牌非常醒目。推门进去，墙上挂着的“招财进宝”“生意兴隆”条幅和两米多长的中国风光画，收

身着秘鲁高原传统
服饰的美丽少女

秘鲁中部高原上的女孩们

款台上摆放的招财猫、金钱树，餐桌铺的大红桌布，无一不是秘鲁中餐馆的典型装饰，不过餐馆老板却是当地人。他曾在利马市的一家中餐馆里打工两年，熟练掌握了“炒饭”“炸馄饨”等一系列秘鲁式中餐的制作方法，所以一回到家乡就做起了中餐生意，几年后，他已经有了两家中餐馆，生意非常红火。

万卡约也有山区，那里的民宅大都是红瓦屋顶，每户人家都在屋顶上放置十字架或泥牛，作为镇宅之物。

为恋人立碑的爱情公园

利马有座爱情公园，紧邻太平洋岸边，绿草如茵，一年四季鲜花盛开。公园面积不大，设计也很简单，却吸引着来自世界各地的游客。这座公园建于1993年2月14日情人节，在建造之前，为了给公园选择一块合适的地方，当地市政部门颇费了一番功夫，最后选择了面向太平洋海岸的最佳位置。

公园两侧是1米多高的波浪形矮墙，墙上有太阳形、月亮形和桃心形的窗户。墙面上贴着五颜六色的瓷片，拼出与爱情有关的诗句和名言，斑斓的色彩、甜蜜的话语交相辉映。墙下有供游人休憩的石凳，旁边还有长长的绿化带，是人们休闲健身、谈情说爱、结婚留影的好去处。几乎天天有新郎新娘在名为“吻”的雕像前合影，让大海作证，希望爱情像热吻雕像一样永远炽热。无数恋人们在这里远眺太平洋美丽的晚霞，呼吸海边新鲜的空气，享受海风温柔的轻抚，非常惬意。

雕像《吻》高5米，是一对热恋情侣相拥热吻的造型，人物刻画粗犷，表现了拉美人热情、奔放的性格，感染着在此谈情说爱的恋人们。雕像出自秘鲁著名雕塑家维克多·德尔芬之手，大胆的艺术手法使人们对这件作品的看法褒贬不一。随着时间的推移，大家渐渐接受了这座雕像的存在，超高的知名度使它成为这座城市的著名景观。

雕像《吻》。远处为瓷片拼出的波浪形矮墙

这座公园的创意来自秘鲁诗人安东尼奥·西略尼斯。他说，在南美洲乃至全世界，人们都会为烈士、英雄们树碑，但没有任何一个城市为恋人们立碑。一句名言成就了一座爱情公园，这句话也因此被人们镌刻在雕像《吻》的底座上。

因歌得名的“叹息桥”

在首都利马有座“叹息桥”，长44米，宽3米，始建于1876年。这座桥被无数老建筑和教堂环绕，四周绿树成荫，环境优美，桥下的小街两旁遍布特色酒吧，吸引年轻人们前来休闲娱乐。

关于此桥还有个有趣的传说：当你看到这座桥时，许下你的心愿后屏住呼吸走过去，你的愿望就可以实现。

历史上，这座桥曾被战争和地震破坏过数次，直到1927年才被修复。它曾经有过美丽的名字，然而在1960年，秘鲁民族歌唱家巴兰科·查布卡唱了一首脍炙人口的《叹息桥》，在这之后，人们渐渐淡忘了它原先的名字。秘鲁人认为，这座桥背负着许多历史伤痕，因此“叹息桥”这个名字很适合它。

第七章

源远流长：秘鲁手工艺品

秘鲁国内有一些很有特色的旅游纪念品，从精雕细刻的传统手工艺品，到招财进宝的秘鲁财神，还有比较实用的羊驼毛制品，都很不错。人们既可以通过观赏、购买这些纪念品来了解当地的风俗文化，也可以用这些纪念品来寄托自己的美好希冀。

秘鲁也有“财神爷”

一副典型印加人打扮，嘴里叼着香烟，身上绑着钞票——这就是秘鲁财神爷的形象。秘鲁人称其为“艾凯多”。

与中国财神不同，艾凯多身上挂着许多具体的实物模型，有代表金钱的美元，有象征生意兴隆的谷物，有代表爱情的红心……总之，人们把对美好生活的追求统统集中于艾凯多的身上。

秘鲁的财神爷

秘鲁人不仅相信艾凯多可以招财，还相信他能解决感情问题，甚至能预测出门是否顺利。为此，秘鲁人会在周二或周五为艾凯多点上香烟，据说如果烟呈直线向上飘，就表明你的愿望会实现，如果烟向左右飘散的话，就不一定了。其实，没多少人去追究艾凯多到底有没有“神力”，秘鲁人更喜欢把这个打扮朴素、长相可爱的财神爷当作吉祥物摆在家里。

羊驼毛服装是国礼

2008年，亚太经合组织（APEC）第十六次领导人非正式会议在秘鲁首都利马举行。各国领导人身穿秘鲁手工制作的羊驼毛“查曼托”披肩一起合影，使这种披肩名声大振。

羊驼是秘鲁安第斯山区特有的一种动物，力大无穷，善于攀山越岭负重赶路。早在印加帝国时期，羊驼就是秘鲁印第安人的主要驮兽。不但如此，羊驼的肉还是印加人最重要的肉食，可以说，羊驼在秘鲁历史上有非常重要的地位。

秘鲁羊驼的“大头照”

因为羊驼生长于高原，常年处在昼夜温差大、阳光辐射强的恶劣环境中，所以它的毛能够很好地保湿、保暖和抵御日光辐射，一般的羊驼毛叫“阿尔巴卡”，成年羊驼的长绒叫“苏力”，而幼

秘鲁的可爱羊驼，大眼睛很是闪亮

崽的毛则叫“贝贝”。用来编织“查曼托”的是“苏力”，这种绒毛最大的特点是不用染色，因为“苏力”天生分为17种颜色。

若非内行，单从外观未必能分辨出“查曼托”来自哪个国家，不过如果拍照的APEC领导人再戴上一顶印第安绒帽的话，那就有十足的秘鲁特色了。在秘鲁，人们使用“贝贝”羊驼绒来制作这种遮耳绒帽。别小看这“贝贝”，在国际市场上，1克上品“贝贝”的价格和1克黄金不相上下。2008年，为庆祝APEC峰会召开，15名秘鲁残疾手工艺人用30种颜色的毛线，精心编织了一顶高6.5米、宽3.5米的世界上最大的印第安绒帽。这顶绒帽已被载入吉尼斯纪录，陈列在国家博物馆里供人观赏。

现在秘鲁羊驼毛制品越来越多，有毛衣、大衣、围巾等，而不同品种、不同质地的羊驼毛的价格也有很大差别，有很多种档次，可以供不同的消费者选择。

身穿“查曼托”披肩、头戴印第安绒帽的手绘人像

身穿秘鲁国服“查曼托”的骑马人

葫芦上刻故事

葫芦雕是秘鲁的另一种传统手工艺品，当地匠人在葫芦上手工雕刻出各种风土人情，记录一个个小故事。它来自秘鲁中部城市、著名的葫芦雕故乡万卡约。那里的工匠们不分男女老少，世世代代都在家庭作坊里做着葫芦雕刻的工作，算起来已经有3000年历史了。

秘鲁手工艺人正在制作葫芦雕

葫芦雕上的复杂图案

做好的葫芦大小、形态各不相同。有些形状奇怪的葫芦，在工匠手中稍加收拾点缀，就变成小鸟、老鼠等可爱的动物造型。

在朋友的引荐下，我见到了一位老工匠，他说葫芦雕中最精彩的地方，在于由一幅幅图画组成的故事情节。这些故事题材广泛、包罗万象，有的是婚礼场面，有的是为产妇接生的情景，还有一些是男耕女织的传统生活，总之都是“讲述老百姓自己的故事”。

“别看它这么小，能把人的一生浓缩进来呢！”老工匠加拉拿起地上的一只小葫芦数了一下。这只葫芦上大约有30幅图案，描述的是发生在安第斯山区的一段爱情故事：两个秘鲁年轻人在干农活时相识并产生好感，小伙子鼓起勇气向女孩的家长公开了秘密。按照当地习俗，女方父亲要用皮鞭抽打未来的女婿，小伙子不能出声更不能喊疼。经过这顿皮鞭考验，有情人终成眷属。婚后的小日子非常温馨，转年，家中又增添了一个小宝宝……故事结尾是30年后这家人稻谷丰收、牛羊满圈的喜庆画面。整套图案既有情节，又有对白，从开始到结束，很像一本连环画，观赏起来别有一番情趣。

葫芦雕刻艺术是秘鲁手工艺中最古老、最传统的代表。葫芦雕刻的诞生也是一个非常漫长的过程：在万卡约温暖干燥的山区，生长出来的葫芦外壳坚硬，形状也千奇百怪。葫芦采集回来后，先要将外皮刮掉，暴露出淡褐色的木质外壳，然后将葫芦清洗干净放在太阳下晒干。工匠们用铅笔在葫芦表面打上画稿，借助一种叫“buril”的刀具进行凿刻和镂空，最终做好后再拿到利马的印加市场上叫卖。葫芦雕的生意还算比较稳定，买主大都是游客。

有趣的是，工匠们还能根据客人的特殊要求进行个性化的创作。有一次，我在利马的印加工艺品市场，正好遇到一位来自万卡约的大妈在给法国游客展示现场雕刻的绝活，图案包括此人在某年某月到达利马的情景和他游览过的各个景点，从马丘比丘山、的的喀喀湖，到亚马孙森林，一个都没落下。更绝的是，这位秘鲁大妈在下刀之前没有打任何底稿，画面内容全凭自己的记忆加想象，而且每一组小故事情节互相衔接，图案协调有序。这位法国老兄挑了这么一件既有艺术价值又有纪念意义的礼品，真是不虚此行。

据了解，一个熟手雕刻一只工艺比较复杂的葫芦雕，大概需要四到五天。葫芦雕的制作工艺不同，因此价格也较为悬殊。有些微雕图案，要用放大镜才能看清楚。一只雕刻精美的大葫芦，在市场上要价几百甚至上千美元，而工艺简单的小葫芦只要一两块索尔（1索尔约合人民币两块）。

随着葫芦雕工艺的发展，秘鲁人开始利用热喷枪对葫芦进行色调设计，通过控制加热时间和温度的方式，让葫芦颜色变成黑色、桔黄色或是棕色等等。据说一些葫芦雕精品已经被国家博物馆当成国宝珍藏。

图米刀镇宅保平安

在秘鲁，图米刀（tumi）可以说是家喻户晓。在秘鲁任何一个工艺品市场上，都可以看到图米刀造型的纪念品，有直接挂在墙上的，有做成书签、钥匙链、耳坠等的，材质有铜、银、陶等，琳琅满目。可以说图米刀是秘鲁最具代表性的旅游纪念品之一，被现代人演绎得千变万化。

工艺精湛的图米刀

图米刀的造型有很多种，有方形、圆形、矩形等，不同造型的图米刀有不同的功能。最经典的一种图米刀是由上下两部分组成的，它的上半部分被称为纳伊兰普神像，神像头戴镶满绿松石的皇冠，两手放在胸前，脚下也嵌有绿松石，长着一对大大的圆眼睛和一左一右两个翅膀；下半部是一个手柄连接半圆形刀片。整个图米刀有41厘米长。

据史学家推断，图米刀起源于秘鲁南部沿海地区的莫切文化，时间大概是公元700年至1300年。图米刀在秘鲁历史中经过数次更迭，一直延续到最强盛的印加文化时代。秘鲁迄今为止出土的最古老的图米刀已有1000多年的历史。当时人们获得大丰收时，为了感谢太阳神的恩赐，会举行盛大的祭祀仪式，用图米刀宰杀驼羊奉献给太阳神，祈求来年有好收成。在战争时，图米刀是杀俘虏祭祀的工具。在安第斯文化中，人们还用图米刀来做开颅手术，拯救在战争中受伤的战士。巫师用它为患有脑部疾病的人做开颅手术或驱魔。当时，贵族去世后都要有图米刀陪葬，以保逝者平安。

经过漫长的历史变迁，图米刀从工艺简单的宰杀工具，演变成集雕刻、焊接、镶嵌等精美工艺于一体的神刀，成为权贵的象征。现代人给图米刀赋予了更多的内涵，说它有镇宅驱魔之功能，还有保平安、祈丰收的功效，它的功能完全被神化了，就像至高无上的权杖。居住在安第斯山区的百姓，至今仍有在家中挂图米刀来镇宅驱魔的传统。

除此之外，印加人用图米刀做开颅手术的水平也很高。秘鲁医学界把图米刀奉为“医圣”，认为它是健康平安的保证，图米刀也逐渐变成印加人的图腾。后来秘鲁医学公会采用图米刀作为他们的标志。

由于图米刀名气大，功能强大，“图米”常被用作人名、公司名，甚至还有品牌名，其中一些品牌已世界闻名。2012年，作为国家象征，图米刀的形象被刻在了秘鲁1元硬币上，人们用这种方式，祈愿它的神力能够福及整个秘鲁。

第八章

丰富食材：大地女神的慷慨馈赠

从海底到高原，从干旱的沙漠到雨量充沛的亚马孙流域，从绵延不断的海岸线到广袤的大森林，独特的地理环境和多样的气候条件赋予秘鲁多样化的物种。秘鲁这块神奇的土地孕育了多种蔬菜和水果，走进秘鲁的超市或农贸市场，货架上满满当当的食材总会让人眼前一亮。

神奇的土豆

秘鲁是土豆的原产地之一，在秘鲁生长着3000多种不同色彩、形状和大小的土豆，让人眼花缭乱。每年的5月30日是秘鲁的“全国土豆日”，这一天，在秘鲁各大城市和土豆的主要产区，都会有各式各样的庆祝活动，人们用这种方式来感谢土豆对人类的贡献。

秘鲁人创制出了许多土豆名菜，从百姓的家常便饭到高级餐厅中的大餐，几乎所有秘鲁菜品里都能看见土豆的影子。其中，“土豆泥”这种用黄色土豆做成的传统料理，几乎是无人不知、无人不爱的。这道菜非常清淡，具体做法是把煮熟的土豆做成糊状，依照个人的口味裹上肉、熟鸡蛋、牛油果或鱼肉，别有一番风味。另一道以土豆为主料的秘鲁名菜是“安第斯土豆”，用奶酪、大蒜、牛奶、黄色辣椒制成浓稠的调味汁，浇在煮熟的土豆上，搭配半个煮熟的鸡蛋和一枚紫色橄榄，一道美味佳肴就新鲜出炉了。

在古印加人看来，土豆不仅仅是一种食物，还是一种神奇的灵丹妙药，据说印加人骨折了就用土豆敷在创伤处促进恢复，头疼了就用土豆擦头，还会用土豆来预防消化不良和风湿。

玉米之仓

在印加人的克丘亚语中，“秘鲁”这个词就是“玉米之仓”的意思。虽然秘鲁种玉米的历史没有墨西哥长，对玉米文化的追捧程度也远不及墨西哥，但是有一件事很令秘鲁人感到骄傲，那就是当地的玉米品种数位居世界第一。秘鲁官方公布的资料显示，秘鲁的玉米品种有50多个。

秘鲁各地区出产的玉米各不相同。按颜色区分，有白玉米、黄玉米、红玉米、紫玉米、黑玉米和混合色玉米；按形状区分，有圆玉米、扁玉米、长玉米、短玉米。最大的玉米长达29厘米，而最小的只有8厘米长。秘鲁中部高原上的库斯科是玉米的主产区，也是秘鲁全境玉米品种最多的地区，共计13种。其中最受欢迎的一种玉米叫“乔克罗（choclo）”，它是白色的大玉米，颗粒饱满，个大、汁多又香甜。还有一种神奇的紫玉米，它的玉米粒和玉米骨都是紫黑色的。这种玉米早在印加时期就已经出现了，被广泛种植在安第斯山脉。现代医学研究发现，紫玉米有很高的营养价值，因为它含有大量的酚类化合物，有预防癌症、降血脂和胆固醇的作用。

丰富的玉米品种，也造就了各式各样的玉米美食，炸、炒、煮、烤、蒸，不同的玉米搭配不同的做法。比如，有一种金黄色的玉米，人们一般会把它炸一下，再撒上少许盐做成餐前小点，吃起来酥脆香甜，口感很好。还有种白色大粒玉米，颗粒比较硬，水分也少，似乎是专为炖汤而生的。乔克罗玉米煮熟后口感非常鲜嫩，秘鲁人喜欢把它与新鲜奶酪搭配起来吃，此外秘鲁著名美食“鱼生”中的主要配料也是乔克罗。

秘鲁玉米美食的烹饪方法也呈现出明显的地域特色，有海岸、高原和雨林地区等不同风味。在五花八门、包罗万象的玉米美食里，最好吃的要属“玉米粽”了。这种粽子以玉米面为主料，加入奶油、奶酪，中间塞入鸡肉、猪肉或素菜做馅，用玉米皮包裹好后上锅蒸熟。蒸出的粽子味道不同，有咸的，有甜的，有辣的。

秘鲁还有一种古法酿制、酸甜可口的玉米酒，做法是先把玉米煮熟，再把发酵后的玉米放在密封的陶罐中酿造。最终酿出的玉米酒是低度的餐前开胃酒，只是略略有些酒味，呈棕黄色，微酸。人们还会拿这种酒来给秘鲁美食调味。

古老而“神圣”的辣椒

据秘鲁历史学家考证，辣椒起源于秘鲁高原地区。它的原产地就在的的喀喀湖周边，与玻利维亚交界。河流的冲刷、鸟类的迁徙，将辣椒传播到了南美洲和中美洲乃至全世界。

在秘鲁首都利马以北450公里的安卡什省永盖洞穴中，人们发现了最古老的辣椒种子，它至少有8000岁了。此外，在公元前约2500年的秘鲁沿海，辣椒就已经成了当时饮食文化的重要组成部分。

辣椒在秘鲁古时宗教仪式中还是神圣的象征，这种食材自古以来就具有神奇的宗教含义。安第斯山脉的牧民和治疗师直到今天还在占卜仪式中使用辣椒。此外，印加时代的巫师在进行斋戒仪式、向“大地母亲”祈福前，会用不食用辣椒的方式表示尊敬。

每年9月的第一个星期五是秘鲁的“辣椒节”。之所以为辣椒专门设一个节日，一方面是因为辣椒已经成了秘鲁的一大特色，另一方面是因为辣椒在秘鲁人的生活中有着举足轻重的地位，与洋葱和大蒜一起被称作秘鲁美食三宝。

秘鲁名菜几乎都与辣椒有点关系，说辣椒是享誉世界的秘鲁美食的灵魂，并不夸张。但秘鲁菜整体上不算辣，不爱吃辣的人都可以接受，这也是秘鲁菜被世界广泛接纳的原因之一。

据统计，秘鲁全境共有350种辣椒。这些辣椒的产地不同，形状、颜色、大小、口感各异，其中黄辣椒产量大且备受青睐，被称为秘鲁"椒王"。这种辣椒是橙黄色的，肉质厚，约20厘米长，味道不是很辣，而且有淡淡的水果味，是秘鲁菜肴中的百搭食材。比如，秘鲁人在做烤鸡时，会把黄辣椒和奶酪打成糊状的酱，香喷喷的鸡肉搭配黄辣椒酱，味道别提有多美啦；用秘鲁的黄辣椒制作的中国美食"炒牛柳"，深受秘鲁人的喜爱；秘鲁国菜"鱼生"的点睛之笔，也是必不可少的黄辣椒，因为它的辣度和柠檬的酸度搭配得当，酸辣适中，恰到好处，成就了这道名菜。

还有一种著名的秘鲁辣椒"罗科托"，产于安第斯山脉，有的呈橙色，有的呈红色。红色的罗科托辣椒看起来很像番茄，像人的手掌心一样大。这种辣椒非常辣，吃下去以后舌头会有一种发热的感觉。如果觉得罗科托辣椒太辣，可以把它的筋和籽去掉，这样辣味就适中了。用这种辣椒制作的菜肴"牛肉馅酿辣椒”，是秘鲁南部城市阿雷基帕赫赫有名的菜肴，制作方法是把辣椒心掏空，在其中填满牛肉馅，配上奶酪等辅料，再用烤箱烤熟。

我有一位在秘鲁生活了几十年的朋友，无论是秘鲁菜还是中餐，她都做得轻车熟路、得心应手。她很擅长用秘鲁辣椒烹饪中国菜，比如制作豆豉牛肉的时候，她会用秘鲁罗科托辣椒来代替柿子椒；炖红烧肉时，她会放些黄辣椒，这样炖出来的肉微辣、开胃。她说秘鲁辣椒有个神奇的特点，那就是吃它的人不会“上火”。

“秘鲁人参”玛卡成就印加帝国

玛卡（maca）这种被秘鲁人视为国宝的植物，有“秘鲁人参”之称，由此足以看出它的营养价值之高以及在人们心中的珍贵地位。据说，在古印加语中，玛卡一词的意思是“母亲”。

玛卡是类似小萝卜的圆形根茎植物，直径4到6厘米，有黑色、红色和白色三个品种。据实验检测分析，三种颜色的玛卡成分没有实质性的差异。历史上，印加人很早就发现了玛卡的神奇效果，认为这种植物一定是吸收了大地的精华。据说大概在公元前1600年左右，印加人就已经开始种植和食用玛卡了。他们曾把玛卡奉为贵族食物，还用它来做祭神的供品。

不仅如此，据史学家考证，印加本是安第斯山脉中的一个小小部落，却在几个世纪后建立了庞大的印加帝国，并且称霸南美洲，这与玛卡似乎也有一定的关系。当时，印加人发现玛卡有增强体力和耐力、抗疲劳的功效，就开始利用玛卡来补充能量。史学家分析，由于人口的增长，印加帝国从15世纪开始快速扩张，印加人也长途跋涉、四处征战。每次出征时，印加人都会随身携带大量的玛卡，每次开战前，士兵们也要大批地食用玛卡，为的是增强体能和战斗力。吃下玛卡的印加人在疆场勇猛作战，打下了印加帝国江山。

1492年，西班牙殖民者皮萨罗率领169名士兵，要与印加人开战。西班牙人虽然拥有马匹、铁甲、刀剑、大炮、火枪等先进装备，却接连出现了高原反应、水土不服等症状，连马匹都无精打采，士兵就更不用说了。西班牙人偶然听说了玛卡的神奇功效，就开始尝试用玛卡喂养战马，结果发现战马恢复了活力。尝到甜头的西班牙士兵大胆尝试，吃下玛卡，获得了意想不到的效果，一扫萎靡不振的状态。再加上印加人只拥有落后的长矛等武器，西班牙人很快征服了印加帝国，以少胜多。

玛卡生长在海拔4000米至4800米的安第斯山脉高原上，那里是寸草难生的高海拔地带，白天有强烈的日照和强风，夜晚有经久不化的积雪和冰冻，再加上高原缺氧，玛卡能在这种极其恶劣的自然条件下顽强生长，简直是一个奇迹。难怪印加人把玛卡称作安第斯山神的礼物！

玛卡的生长期为一年，每年的8、9月份是秘鲁玛卡的收获季节。据了解，种植过玛卡的土壤需要两年或更长时间的休养生息才能复耕，这可能也是秘鲁玛卡营养成分含量丰富的原因。

烹饪玛卡的方法有很多，可以炖汤，可以烘焙，也可以煮或炒。玛卡产地胡宁大区的当地人从来不吃新鲜的玛卡，因为未经加工处理的玛卡有辛辣味。他们要把晒干的玛卡用水泡发，再进行烹调，这样做出来的玛卡甜甜的。当地人还喜欢把玛卡和肉、水果搭配在一起吃。

现在玛卡已经被开发成许许多多的新产品，比如胶囊、提炼的精粉、玛卡饼干、玛卡汽水等。

秘鲁“银山”上的奇异瓜果

初到秘鲁，老华侨曾对我说，美国有旧金山，秘鲁有银山。这是形容秘鲁自然资源很丰富，取之不尽，用之不竭，其中形形色色的奇特水果是秘鲁的重要物产。

秘鲁国土是从南到北的狭长形，左边靠着长长的太平洋海岸，中部有安第斯高山，右边有亚马孙热带雨林，可以说世界上的各种气候条件都可以在秘鲁境内找到。秘鲁千变万化的生态环境是水果种类丰富的根源。

百香果的美丽传说

在秘鲁生活多年，我仍会时不时地发现不认识的水果。秘鲁本地有一种叫maracuya（百香果）的水果，俗称巴西果，因其气味特别芳香，可散发出香蕉、菠萝、柠檬、草莓、番桃、石榴等多种水果的浓郁香味而被称为百香果。平常百姓一般用它来打果汁，把它做成健康而味美的饮料。

百香果不仅味道丰富，还有很好的药用价值，对咽喉炎、牙周炎、粉刺、胃病、痔疮等有很好的抑制作用，在防治高血压方面也有奇效。它还有一个神奇的功能，可以让喝醉酒的人迅速醒酒。

在当地，还有一个与百香果有关的美丽传说。相传，一位西班牙军官的女儿爱上了秘鲁土著男孩穆鲁古哈，却遭到了父亲的强烈反对。每当夜晚来临时，少女总会听到心上人的笛声，以此来寄托相思。突然有一天，少女没能听到男孩的笛声，便跑去问父亲。父亲告诉她说，自己已经派人杀掉了男孩。少女悲痛欲绝，从母亲那儿打听到男孩被埋葬的地方，跑到他的墓前自尽了。后来，从这座坟墓上长出了一棵树，而树上结出的果子，被人们称作百香果。

鼻涕果像手雷

原产自安第斯山脉的水果granadilla，被中国人叫作“鼻涕果”。这种水果圆圆的，有黄黄的硬壳，像手雷一样大，是一种长在树上的果实。

我与鼻涕果的“初次相识”，是在一个秘鲁人的家里。那一天，吃完了烧烤，主人就从冰箱中拿出这种水果来招待大家。主人说，鼻涕果是碱性水果，如果吃了太多的肉食，可以再吃点这种水果中和一下。

主人用双手在这个水果中间稍稍用力一捏，它的硬壳就从中间裂开一道缝隙。掰开后，壳子里面有像果冻一样黏稠透明的果汁，还有许多米粒大小的果核，也许鼻涕果的名字就源于此吧。

鼻涕果的名字虽然不太好听，但它的口感非常好。可以用勺吃或直接倒入口中，连同果核、果汁一起吃下，味道甜甜的。

小而汁多的小柠檬

秘鲁小柠檬，圆圆绿绿，乒乓球大小，是秘鲁百姓生活中必不可少的水果，以汁多、味酸而闻名。

它还是秘鲁国菜“生鱼”最重要的作料。用它制成的柠檬水，是秘鲁人家中最普遍也最受喜爱的饮料之一。

小柠檬的味道酸酸的，却是碱性水果。每当有人患了感冒的时候，秘鲁人都会劝病人喝些热柠檬水，这个方法虽然简单，却很有效。

沙漠中的仙人掌果

长在沙漠中的水果——仙人掌果有3种颜色，红色、黄色和绿色。最常见的是绿色和红色的，它们的果肉同皮的颜色一样。绿色的仙人掌果水分尤其多，味道甜，很清香。

吃仙人掌果时，可以把它的果肉和籽一起吃下。据说，这种水果需要4年才能长成，有很高的药用价值，对消化系统不好的人尤其有益。

有一次，一位秘鲁小贩开玩笑说，这种长在干旱沙漠中的水果，肯定把所有的好东西都吸收进来了，能不好吃吗？他的话也许是有几分道理的。

个大核小的香甜芒果

在我刚到秘鲁的时候，有位朋友请我吃芒果。它和小橄榄球差不多大，我平生第一次见到个头这么大的芒果。

这种芒果的核很小，果肉很甜，香气扑鼻，当地人管它叫木瓜芒果。现在很难在秘鲁市场上寻到这么大的芒果了，听说都出口赚外汇了。

秘鲁还有很多品种不同的芒果，有大有小，有黄色有绿色，品质和味道也都很不错。

大扁豆对胃病有疗效

在秘鲁，还有一种形状像大扁豆的水果，叫pacae。根据秘鲁出土的以pacae为造型的文物考证，这种水果在前印加时代就已经存在了。

pacae披着厚厚的绿皮，有60多厘米长，剥开皮，里面是海绵状的白色果肉和蚕豆大小的籽。人们只吃籽上那层薄薄的果肉，味道甜甜的。

据说这种怪异水果能治胃病、助消化，与它一起长在果树上的叶子还可以用来制茶。拿这种茶叶泡水喝，能够有效地抑制风湿、止腹泻，深受人们的喜爱。

长在树上的番茄

土豆源自秘鲁，而番茄的祖籍也在南美洲。

在秘鲁，有一种番茄是长在树上的，由此得名“树番茄”。这个品种的番茄个头不是很大，果实的平均直径约有6厘米，呈椭圆状。

这种番茄并不是很多汁，但是它的味道与普通番茄区别不大，都是酸酸甜甜的。人们一般会把树番茄打成果汁喝，口感不错。

第九章

美食天堂：

文化融合造就

饕餮盛宴

可能很多人想不到，南美洲的秘鲁竟是个美食天堂，无论是这里的食物还是饮品，都具有自己的特色。在由上千位美食大咖评选出来的“2019 年全球 50 佳餐厅”中，秘鲁就占了 5 家；奠定了当代法式烹饪基础的大师埃斯科菲埃曾为世界顶尖的料理排名，排在前三位的分别是法国菜、中国菜和秘鲁菜。

吃在利马

在中国有“吃在广州”之说，而在南美则有“吃在利马”的说法。秘鲁拥有无与伦比的美食，这与它的地理位置、气候条件、文化融合以及热爱美食的消费群体有着密切关系。很多中国人出国以后不适应，主要是因为自己有一个“中国胃”，只爱吃中国菜。但是来秘鲁的大部分中国人大多都很适应秘鲁的食物，一方面是因为秘鲁餐在口味上与中餐较为接近，而另一方面呢，多样化的美食也让中国朋友赞不绝口。

秘鲁菜是多文化融合和历史沉淀的结晶。秘鲁本土饮食文化第一次受到外来文化的影响，是在西班牙殖民时期。西班牙人带来了本国的饮食文化，还夹杂着罗马、希腊和阿拉伯的饮食文化。更多的食材也被广泛应用，丰富了秘鲁菜的品种。

之后来自非洲的黑人奴隶，为秘鲁饮食增添了非洲文化色彩。当时的许多黑人妇女作为厨娘，对原有的秘鲁餐进行了改良和创新，比如著名的烤牛心、牛肚就是在那时进入秘鲁菜单的。秘鲁粽子、油炸薯粉圈等菜式里也都有非洲饮食文化的影子。

1840年，意大利人进入了秘鲁，意大利饮食文化开始在秘鲁生根，从意大利传来的花椰菜、菠菜、红菜头等渐渐走上秘鲁人的餐桌。如今深受秘鲁人喜爱的绿面条、大果料面包，也都源于意大利。

1850年至1874年，9万名来自中国广东的劳工抵达秘鲁，他们在合同期满后选择留在当地，为维持生计开始做街边小吃。此后中餐馆应运而生，制作中国菜所需的食材和调料，如大白菜、小白菜、粉丝、酱油、香油等，都可以在秘鲁买到，炒米饭、炒牛柳和鸡汤面深受秘鲁人追捧。而秘鲁餐也汲取了中餐的爆炒、用酱料调味等烹饪方法，变得更加丰富、复杂。

日本人移民到秘鲁，也为当地饮食增添了更多的日式元素。此外，秘鲁外省居民迁居首都利马时，也带来了各地的饮食文化。据说，人们可以在首都利马品尝到3000种秘鲁不同地域的美食。

推陈出新的烤豚鼠

秘鲁首都利马有超万家风味各异的餐馆，要想有立足之地，餐馆必须有自己的看家本领，要善取各家之长，不断推陈出新——这也是推动秘鲁饮食不断发展的重要因素。

秘鲁人的美食创新，在“烤豚鼠”这道菜中可见一斑。秘鲁人很爱吃豚鼠，还为这种动物设立了专门的豚鼠节。所谓豚鼠其实就是荷兰猪，当然了，大家吃的都是当地人专门饲养的食用豚鼠。不断追求美味的秘鲁人把广东人烤乳猪的方法运用到烤豚鼠上了，这样做出来的烤豚鼠，远比传统的油炸豚鼠好吃得多，肉质酥脆，口感丰富，只是有点偏油腻。为了解腻，秘鲁人会把它与洋葱和土豆搭配起来吃。

受到北京烤鸭的启发，秘鲁人还将烤豚鼠肉夹在饼里，涂上酱料卷起来吃，别有一番风味。秘鲁人甚至模仿广东人烤猪肉的烤炉，发明了一种小巧玲珑的烤箱，给它取名叫“中国箱”，人们足不出户，就能在家里做出烤豚鼠等美味佳肴。

色香味俱全的烤鸡

在有着近千万人口的秘鲁首都，仅烤鸡店就有4000多家，而且还有迅速拓展之势。其中，传统知名的老店有十几家之多，而且多为连锁式经营，占据了秘鲁烤鸡饮食业的半壁江山。

秘鲁的第一家烤鸡店出现在1950年1月。当时，一位名叫Roger Schvier的瑞士人来到秘鲁，想在秘鲁投资旅店生意。在考察生意的时候，他经常出入一家餐馆，有时会看到这家餐馆的厨师把串在木棍上的小鸡放在火上烤。他突发奇想，请人制作了一个大烤炉，配上一根可以一次性烤8只鸡的大铁棍，开了秘鲁第一家烤鸡店"蓝色农庄"。当时这家店打出了"5块钱任你吃"的口号，大获成功。直到现在这家烤鸡店还沿袭了当初的传统，使用木炭炙烤肉质鲜嫩的小鸡仔，生意仍然非常火爆。

秘鲁的烤鸡可以用色、香、味俱全来形容，再加上它平民化的价格，一跃成为秘鲁百姓的第一选择。对此我深有感触，每当我从烤鸡店经过时，都能闻到从店里飘出的阵阵烤鸡香味，非常诱人。饥饿的人们一闻到这个香味，定会毫不迟疑地走进店里点只烤鸡，这一点也不夸张。据2019年的统计，秘鲁家庭每年平均消费烤鸡24公斤。在首都一家生意不错的烤鸡店里，一天可以卖出100只烤鸡，在周末的时候甚至可以达到300至400只烤鸡的销量。

秘鲁烤鸡圆滚滚的，呈焦黄色，让人很有食欲

烤鸡的做法比较简单，做起来也很方便。先把净膛的鲜鸡洗干净，再用小茴香、黑胡椒、芥末、黑啤酒、红醋、酱油、红辣椒酱、蒜末和孜然、盐等配制腌汁。用调配好的腌汁均匀涂抹在鸡身上，然后把鸡放入冰箱冷藏12个小时。第二天，将腌好的整鸡放入滚动烤炉，用炭火烤上45至50分钟，一只皮脆、肉嫩、入味、热气腾腾的烤鸡就出炉了。现在也出现了许多用电烤箱烤鸡的店，但人们总觉得电烤鸡的味道不如炭烤的香。

过去，秘鲁烤鸡店都比较相似，走的是平民化路线，面向中低收入人群，最常见的点餐搭配是一只鸡、一份炸薯条、一盘凉拌沙拉、一大瓶汽水，刚好够一家4口人美餐一顿。现在秘鲁烤鸡生意越来越红火，竞争也日趋激烈，为了适应不同人群的需求，各个商家都使出自己的独家秘技，希望能够借此立于不败之地。我认识一位开烤鸡店的中国人，他别出心裁地把中国的十三香调料加进烤鸡里，给它取名为“中国味道烤鸡”，颇受食客欢迎；还有人对烤鸡的搭配进行改良，有的配白米饭，有的配面条，还有的配蔬菜，五花八门；部分烤鸡店渐渐向高档型发展，一些富人区里也陆续开设了烤鸡店。烤鸡味道虽大同小异，但是各种各样的配餐、富有特色的装修可以起到吸引客源的作用。

秘鲁人有多重视烤鸡呢？2010年，秘鲁政府把烤鸡贩售业定为本国的民族文化产业，并把每年7月的第三个星期日设为“烤鸡日”，以此来促进人们消费鸡肉，同时将秘鲁烤鸡美食发扬光大；在举办上海世博会的时候，秘鲁烤鸡也“搭上便车”落户上海，据说价格有点贵；味道诱人的秘鲁烤鸡在近些年陆续进入智利、巴西等周边国家，部分烤鸡店甚至开到了美国和加拿大。

不过，健康专家也提醒我们，烤鸡好吃，但一定不能贪嘴吃太多。这是因为，虽然烤糊的鸡皮口感很好，但会产生对人体有害的物质，而且烤鸡和炸薯条的胆固醇和热量都很高。现在部分秘鲁人为了保持身体健康，会有意地控制吃烤鸡的次数和分量，但是剩下的大多数人仍然一如既往，无论是在中午的饭点，还是在晚上的夜宵时间，都有在烤鸡店里享受美味、大快朵颐的秘鲁人。

秘鲁国菜鱼生

到了秘鲁，马丘比丘值得看，不尝尝秘鲁“鱼生”（ceviche）一定会遗憾。有专家说，鱼生的名字源自当地克丘亚语，意思是“新鲜的鱼”。这道美食在秘鲁北部沿海一带已经流传了2000多年，其中西班牙人的入侵使它的腌制调料发生了变化，鱼生的味道也变得更加鲜美。为弘扬鱼生美食文化，从2004年起，秘鲁人在每年的6月28日都要举办“鱼生节”。2008年，秘鲁作为APEC峰会的主办国，把鱼生端上了国宴的餐桌。鱼生现在已经成为秘鲁美食在国际上的一块金字招牌。

秘鲁的鱼生分为几种：一种以新鲜深海鱼为原料，另一种以章鱼、鱿鱼、贝壳类为主料，还有一种是以虾为主料制作的。秘鲁鱼生在选材上特别讲究，以新鲜深海鱼为例：一定要选新鲜捕捞

秘鲁的鱼生，看起来晶莹剔透

上来的鱼；三文鱼和金枪鱼都不适合；肉质呈白色的深海鱼是制作鱼生的最佳原料；人们一般用产自太平洋的大黄鱼和比目鱼来做上品鱼生。

虽然材料选择不同，但鱼生的配料和制作方法都万变不离其宗。做鱼生离不开当地特有的小柠檬，这种汁多味酸的柠檬是制作鱼生的最佳辅料。制作鱼生必备的辅料除了当地的特产——汁多味酸的小柠檬以外，还有盐、胡椒粉、香菜、蒜末、洋葱等。

有经验的厨师告诉我，制作鱼生时需要把鱼切成小方块，再用手挤压出柠檬汁，千万不能用果汁机打汁。接下来用柠檬腌制鱼肉，腌制时间不能超过20分钟，这样正好能够把鱼肉腌透，又不至于腌得太软烂。经过1分钟的搅拌，肉质鲜嫩、富有弹性、口感独特的鱼生就做成了，加入盐、辣椒、胡椒粉、大蒜、香菜等配料，调拌均匀，搭配一块红薯、一截玉米和一些洋葱即可上桌。

虽然制作鱼生的方法并不难，但是大家还是习惯去店里用餐。秘鲁鱼生店的营业时间一般都是从中午12时到下午3时，没有人在晚上吃鱼生，因为那时候的鱼已经不新鲜了。

在有名的鱼生店里用餐是一件相当不容易的事情，必须要排很久的队才能落座。鱼生店之所以有名，是因为制作鱼生的厨师有名。年近70岁的华裔厨师哈维尔·黄就是这样一位响当当的名厨，他曾经凭借一道拿手鱼生，荣获“世界最佳美食奖”。黄师傅的餐馆是一座普普通通的两层小楼，地理位置并不好，也没怎么装修。餐馆内的面积不大，只有10张餐桌，生意却非常红火，政府高官、社会名流都是这个小餐馆的座上客。

黄师傅有句名言：“做一盘鱼生，给我一条鱼，一把刀和一平方米就足够了。”他每天一大早就跑去渔港，购买最新鲜的比目鱼或大黄鱼，选料上乘，价格随行就市。制作鱼生时，他当着食客的面给鱼剖膛、去皮，然后切块、拌料，一气呵成，就像是表演，食客既可以欣赏制作的全过程，又能够品尝到鲜美的鱼生。

秘鲁人对鱼生的喜爱仿佛已经刻在了骨子里。我还记得，多年前的电视新闻中，有记者采访了一位在国际跳高比赛中获得金奖的秘鲁青年选手。当记者问选手是否会到美国求学时，这位矫健的青年运动员回答道：“我不想离开秘鲁，因为这里有我最喜爱的美食——鱼生。”秘鲁鱼生的魅力可见一斑。

古老传统，挖地当锅

“帕恰曼卡（pachamanca）”是克丘亚语，pacha表示“大地”，manca是“锅”的意思，整个词语的意思就是“以地为锅”。当地学者解释说，manca还有“母亲”的含义，表达了对大地母亲的崇拜。据史料考证，“帕恰曼卡”这种美食源于安第斯山脉，是在一些重大节日、喜庆、传统宗教活动时制作的美食，已有上千年的历史。在印加时期，人们制作“帕恰曼卡”时，一定要在密封的土堆顶部插一束鲜花，向大地母亲表示敬意；在西班牙时期，这束鲜花改成了十字架，显示对上帝的尊崇。无论形式如何变化，“帕恰曼卡”的美味始终不变，仍然是深受秘鲁人喜爱的一道招牌美食。2003年，秘鲁政府把“帕恰曼卡”列为传统文化遗产，还把每年2月的第一个星期日定为“帕恰曼卡节”。

制作“帕恰曼卡”的食材主要有玉米、土豆、猪肉、鸡肉、豚鼠、奶酪、玉米粽（将各种馅料放在玉米粉中，在最外层包上玉米叶后蒸制而成）、芭蕉、蚕豆，还有安第斯山脉盛产的草药等。因地理条件差异，不同地区的人在制作“帕恰曼卡”时，选用的食材各不相同，有简有繁。胡宁地区的“帕恰曼卡”是配料最丰富的，仅肉类就有豚鼠、猪肉、牛肉、羊肉和羊驼肉等，搭配土豆、各种新鲜豆类、玉米和红薯等蔬菜。库斯科、阿亚库乔和瓦努科等地的“帕恰曼卡”就比较单调了，肉类一般仅有一种，或猪肉，或牛肉，或羊肉。有的地方用奶酪做配菜，有的地方用玉米饼，还有的地方用的是芭蕉。

这种古老传统美食的制作过程非常简单。用辣椒、大蒜、草药、小茴香、醋、盐、胡椒、孜然和油等调料腌肉，一般要腌上1天左右，这样做出来的肉才能入味。肉腌得差不多了以后，就

好吃又好玩的“大地之锅”

在地上挖个1米深的坑洞，把取自河中的鹅卵石用火烧热、放入坑底，随后加入腌制好的食物，再用芭蕉叶和泥巴将坑密封好，焖制1个多小时即可食用。用这种独特方法烹饪出来的食物一般可供三四十人一起食用，里面的肉不仅没有油腻感，还带着草药的清香味，让人食指大动，味蕾大开。

1999年12月8日，秘鲁厨师乌戈成功制作出世界上最大的“帕恰曼卡”，创下了吉尼斯世界纪录。这个大地之锅有3.5米宽，2米深，用了3卡车的鹅卵石和3吨食物，够 2460人食用。乌戈曾经说过，他很向往中国，希望有机会能够带全家到中国旅游，尝尝中国的美食，好好了解一下中国文化。他更希望能够有机会把“帕恰曼卡”带到中国去，与中国人一起分享这道来自安第斯山的传统美食。

娃娃面包，秘鲁亡灵节供品

每年的11月1日被称为秘鲁的亡灵节。在当地人的传说中，11月1日是孩童灵魂回家的日子，11月2日则是成人灵魂回家的日子，所以每到这两天，墓园中总会挤满期盼见到逝者的秘鲁人。

亡灵节是天主教的传统节日，也是秘鲁的公众假期之一。在这一天，整个家族会聚一堂，携带鲜花和早已准备好的食品前往墓地祭拜逝者。秘鲁的墓地不像中国墓地那样素净，人们扫墓时习惯献上鲜艳的花朵，而不是像中国人一样祭献黄色、白色的菊花和康乃馨。

在中国，扫墓是为了怀念先人，需要肃立默哀来表达尊敬之情。但是在秘鲁人的观念中，死亡不是人生的终结，而是走向另一种生命的必经之路。秘鲁人一般会按照逝者生前的喜好来安排祭拜的方式，比如有的逝者生前特别喜欢音乐，家人就会请来乐队和歌手到墓地载歌载舞。如果这家人请不起乐队，他们就会自弹自唱，或者用录音机播放音乐。有的逝者生前爱喝啤酒，家人就会把整箱的啤酒搬到墓地，喝个不醉不归。这一天，墓地会变成欢乐场、大集市，卖花的、卖小吃的、卖啤酒的，大大小小的商贩们在墓地里穿梭往来，点单的声音此起彼伏，三五成群的孩子们则在墓地里玩捉迷藏。直到夜幕降临，人们才陆续离开。

娃娃面包是秘鲁亡灵节上的特色供品，也是馈赠亲友的礼物，只能在每年的亡灵节这天买到。面包上的图案除了最常见的娃娃脸外，还有生动活泼的动物造型，代表着生者对生活的一种期望。在当地土语中，这种面包的名字叫"pan wawa"，因为它的发音与中文里的"胖娃娃"很像，所以有人猜测这种"面包文化"来源于中国移民。

印加可乐，菠萝味儿

可口可乐可谓是家喻户晓的饮料了，但是在秘鲁，没有任何一种饮料能超越印加可乐在人们心目中的地位。印加可乐是一种黄色的汽水，有点菠萝香，味道甜甜的，被人们称作“秘鲁味道”。大城市的餐馆，普通人家的餐桌，甚至是偏僻的山沟小镇，无论你走到哪儿，都能见到印加可乐的影子。

印加可乐的发明者是何塞·罗宾逊·林德利（José Robinson Lindley）和他的妻子，他们是从英国移民到秘鲁的，住在首都利马。起初，林德利和妻子开了一间小店出售自家调配的饮料，销量不是很高。1935年正好是利马建市400周年，此时林德利家的小作坊已经有了一定规模，夫妻俩抓住时机，利用本地出产的几种草药，搭配其他的调料，制作出一种略带菠萝味道的黄色饮料。为了迎合秘鲁人的民族情感，他们给这种饮料取名叫印加可乐。据说，林德利之所以把这种汽水做成黄颜色，是因为他认为这种颜色能使人开胃。

秘鲁人太喜欢喝印加可乐了，资金雄厚、资历更久的美国可口可乐公司使出浑身解数，还是屡屡成为印加可乐的手下败将。无奈之下，可口可乐公司只好选择将印加可乐收入旗下，不过令人高兴的是，他们并没有改变印加可乐的名称和口味。

皮斯科酒也“过节”

皮斯科酒是用葡萄蒸馏酿制而成的烈性酒，酒精浓度在42度左右。据说它的名字有很深的历史渊源。16世纪，西班牙人征服了印加帝国，并将总督府设在当时的主要港口皮斯科。皮斯科盛产葡萄，西班牙人利用当地丰富的葡萄资源来酿酒，皮斯科酒也因此得名。

皮斯科酒有4种类型：第一种是非芳香型的葡萄纯酿，被称为纯皮斯科酒；第二种是芳香型单一葡萄纯酿，一般以麝香葡萄为原料；第三种是混合型的，采用多种葡萄酿制；第四种是半发酵型，用仍含有糖分的半发酵葡萄汁酿制。

皮斯科酒的储酒器非常有趣，它不是传统的木桶，而是一种当地独有的陶瓮，1米多高，上宽下尖，呈圆锥形。据说这种陶瓮被埋在地下，不仅可以保持恒温，还能把酒与外界空气隔绝起来，使皮斯科酒一直呈现无色透明的状态。

把白糖、柠檬汁、冰块、鸡蛋清、可可粉等配料加入皮斯科酒中进行搅拌，就可以制成大名鼎鼎的皮斯科鸡尾酒，俗称皮斯科酸酒。这是一种奶白色的鸡尾酒，味道酸甜，略有柠檬香味，有种清爽、醇香的感觉。以皮斯科酒为原料配制的鸡尾酒有40多种，上至国宴，下至普通家庭聚会，都能看到它们的身影。据记载，著名大作家、“酒仙”海明威曾在秘鲁首都的玻利瓦尔大酒店中下榻，痛饮该酒店的“金字招牌”皮斯科酸酒。

秘鲁人不仅将皮斯科酒当作本国文化遗产加以保护，还专门为它设立了两个节日。一个是皮斯科酒节，在每年7月的第四个星期日；另一个是皮斯科鸡尾酒节，在每年2月的第一个星期六。为了庆祝皮斯科酒节，秘鲁政府曾经在总统府前面的武器广场上举办活动，在中央喷泉水池中盛满皮斯科酒，供市民免费品尝。在庆祝皮斯科鸡尾酒节时，民间经常会举行皮斯科调酒大赛。

秘鲁政府积极推广皮斯科酒的行动卓有成效，皮斯科酒的出口量年年递增。秘鲁出口商协会的统计数字表明，2014年，秘鲁皮斯科酒的出口量增长了12.5%。美国是秘鲁皮斯科酒的最大进口国，占秘鲁出口总量的38.2%。

紫玉米水保健康

紫玉米水是用秘鲁特有的紫色玉米制成的饮料。这种紫玉米生长在安第斯山脉，连玉米芯都是紫色的。据考证，紫玉米的历史很悠久，在当地出土的莫切时期（公元100年到800年）的陶罐上，就已经有紫玉米图案的装饰了。在印加时期，人们一直把紫玉米当成药来服用，只有等到举办重大庆典仪式的时候，才能品尝紫玉米水的味道。随着西班牙人的到来，紫玉米水的制作材料逐渐增多，成品口感也越来越丰富。

紫玉米水的制作过程并不复杂。先把紫玉米放入水中，加入菠萝皮、苹果皮、丁香、桂皮等，再将水煮开。渐渐地，原先的清水变成了紫色，还散发着果皮的清香。等煮开的紫玉米水冷却后，加入柠檬汁、糖、菠萝块和苹果块就可以喝了。

有水果提味，还有独特口感，这样的紫玉米水深受秘鲁人喜爱。在炎热的夏天，一杯冰镇紫玉米水绝对是消暑解渴的最佳饮料；到了冬天，秘鲁人则会在这种饮料的基础上加入玉米淀粉，原本清透澄澈的紫玉米水摇身一变，成了热乎乎的美味

“玉米粥”，能够帮助人们驱赶冬天的寒气。

人们发现，紫玉米水不仅清甜可口，还具有人体所需的21种微量元素、多种维生素以及天然色素，抗癌的硒、增强智力的锌以及铁和钙的含量尤其高。据报道，日本的一个研究小组通过动物实验发现，紫玉米中富含的抗氧化剂花青素，不仅是结肠癌的天敌，还可以调节胆固醇、降低血糖水平、改善血液循环。

秘鲁的紫玉米水

浣熊屎咖啡比较贵

在秘鲁首都利马的一个小咖啡店里，来买咖啡的、喝咖啡的人络绎不绝，货架上摆着一罐罐产自秘鲁不同地区的咖啡。这里有一种贵得离谱的咖啡，比其他品种的价格贵10倍以上，即便是在它的原产地秘鲁，也要花上十几美元才能买到一小杯。

这种产自秘鲁亚马孙地区的咖啡为何如此昂贵？答案很简单。这种咖啡的制作，必须要依赖一种南美洲特有的浣熊才能完成。这种浣熊生活在海拔1800米至4000多米的地方，个头不大，和家猫的体型差不了多少，有着长长的嘴巴，非常喜欢吃香喷喷的新鲜咖啡果。在进入它的肠胃后，咖啡果的果皮和果肉会被消化，而无法被消化的咖啡豆则在浣熊的肠胃里逐渐发酵。这样一来，咖啡豆里的蛋白质被破坏，原有的苦涩味道也收敛了不少。随后，咖啡豆被长嘴浣熊排出体外，再经过人工清洗和烘焙，产出的咖啡别有一番滋味，醇厚香浓。长嘴浣熊一天只能吃25克新鲜的咖啡果，而且专挑特别新鲜、饱满、味道好的

利马老城区的一家咖啡馆

果子吃，因此这种咖啡产量极少，价格也就水涨船高了。

据统计，哥伦比亚人与巴西人每年平均消费咖啡2.5公斤和6公斤，而秘鲁人每年平均只消费500克咖啡。为此，秘鲁农业部在2008年将每年的8月28日定为“秘鲁咖啡节”，以此来推动秘鲁咖啡种植及消费。近些年来，秘鲁媒体也大力宣传咖啡对人体健康的益处，鼓励秘鲁人多喝咖啡，增强体质。

后记

秘鲁是一个具有神奇吸引力的国度，她不仅有着悠久的历史和文化、不同特色的自然风光，还有融合了多民族的文化元素的美食，是一个丰富多彩的奇妙世界。在秘鲁生活和工作了 20 多年，我对秘鲁从陌生到熟知，再到喜爱。现在，美丽的秘鲁已经成了我的第二故乡。

十几年来，我写了不少关于秘鲁政治、经济、文化、风光、美食的文章，陆续在《环球时报》上发表。在这里，我想对《环球时报》的编辑同仁表示感谢。多年来，他们向我提供宝贵的支持和帮助，给了我一个展示多彩秘鲁的优秀平台。

这本书的大部分素材都取自我发表过的文章。在 2021 年中秘建交 50 周年之际，新世界出版社把我这些年来的所见、所感、所思，经过精心的编辑、润色，加工整理成书。这本书的出版不仅可以让更多的人了解秘鲁、认识秘鲁、喜爱秘鲁，还能够在一定程度上加深中秘两国的友好关系，促进两国的交流往来，对此我感到非常荣幸。

中华人民共和国驻秘鲁大使梁宇、秘鲁共和国驻华大使路易斯·克萨达、秘鲁官方日报《秘鲁人》报社社长菲利克斯·帕斯、中国拉美问题专家徐世澄老先生为此书作序。他们四人的序言是对这本书最大的褒奖，更为本书增添了无与伦比的荣耀。

在本书的编撰过程中，中国长江三峡集团有限公司、秘鲁五矿邦巴斯矿业公司、贵州茅台集团、长飞光纤光缆股份有限公司给予了大力支持，还提供了珍贵的图片和资料。

几年前，我的好友、中国著名摄影家黄国伟先生来秘鲁采风，从专业摄影师的角度捕捉到大量展现秘鲁风土人情的美丽画面。黄先生从这些照片中精心挑选了40多幅交予我随书出版，为这本书“画龙点睛”，增光添彩。我还要感谢我在秘鲁的好友何国强先生、严坚平先生，他们也为此书提供了珍贵的图片资料。

孟可心

2021年9月1日